LES SAUVAGES DE L'EUROPE.

LES SAUVAGES DE L'EUROPE.

Dî, procul à cunctis qui te venerantur
amantque,
Hujus notitiam gentis abesse velint.
Ovid.

A BERLIN.

M. DCC. LX.

LES SAUVAGES DE L'EUROPE.

Inter Sauromatas esse Getasque putes. *Ovid.*

CHAPITRE PREMIER.

» VIVE l'*Angleterre !* c'est le » pays des Sages. Les plaisirs sont » à *Paris*, mais le bonheur est à » *Londres* «. Ainsi parloit un jeune François, qui passoit en Angleterre avec sa Maîtresse. Ils ne se plaisoient point en France, se plaît-on où l'on est? *Pa-*

ris leur paroiſſoit le centre des préjugés, parcequ'on y frondoit leur liaiſon; les *François* étoient des bavards, parcequ'ils s'aviſoient de parler ſur leur commerce, & *Londres* étoit l'aſile de la raiſon, parcequ'ils eſperoient que leur amour y ſeroit en liberté.

» Mon cher *Delouaville*, di» ſoit la tendre amante, je ſuis » ravie de m'éloigner avec vous » de ce Royaume ſatyrique, où » la moitié des habitans s'oc» cupe à critiquer l'autre, où » l'on ne veut pas qu'une fille ait » un cœur, & qu'un jeune hom» me ait des yeux, où l'on per» met à peine à une femme d'ai» mer ſon mari, & où l'on fait » un crime à une fille d'aimer ce» lui qui doit le devenir, où l'on » ſe déchaîne contre les incli» nations des gens, tandis qu'on » ſeroit fâché qu'ils ne fourniſ-

» ſent pas de ſujet à la cenſure.
» Oublions ces têtes à préjugés ;
» laiſſons les frivoles François
» ſe lier ſans s'aimer, puiſqu'ils
» n'ont pas d'ame pour ſentir ;
» laiſſons-les babiller ſans ceſſe
» puiſqu'ils n'ont pas la faculté
» de penſer.

» Oui, belle *Cecile*, interrompoit le François, allons trouver des êtres de notre eſpece, qui nous laiſſent jouir de notre liberté, précieux attribut qui caracteriſe l'homme. L'*Angleterre* eſt la patrie des gens qui penſent, elle ſera bientôt la nôtre «.

Cette converſation ſe tenoit ſur le tillac d'un vaiſſeau *Hollandòis* qui faiſoit voile vers la *Grande-Bretagne*. Vis-à-vis de nos deux amants étoit aſſis, ou plutôt couché un vieillard maigre à face large & plate, qui liſoit la traduction françoiſe des voyages de *Tchim-Kao*, dont il paroissoi t profondément occupé. Il n'interrompoit sa lecture que par des exclamations, & tandis que le François disoit : *Quel plaisir nous aurons à vivre dans un pays si policé !* Le vieillard s'écrioit : *Quelle peine j'aurai à policer ces Sauvages !*

Peuple humain & raisonnable ! disoit l'un.

Barbares Anglois ! disoit l'autre.

A la fin, les interlocuteurs de ce plaisant dialogue s'entendirent, se regarderent & se rirent au nez. Nos deux amans avoient abandonné leur patrie avec le préjugé qu'elle étoit ridicule à l'extrême : le vieillard au contraire, avoit quitté la sienne dans la ferme persuasion que c'étoit le premier pays du monde ; il cherchoit par tout des régions barbares, pour avoir le plaisir de les civiliser; la manie de convertir l'avoit saisi.

» Quoi! dit *Delouaville* à ce » personnage, vous appellez » l'Angleterre une contrée bar- » bare? Qu'y allez-vous donc » faire? Je vais la policer, ré- » pondit-il froidement: & nous, » dit en riant Cecile, nous al- » lons y jouir de la sage police » qui y est établie. Nous fuyons » la France, nous fuyons les tra- » casseries d'un peuple jaloux, » qui ne peut voir nos plaisirs sans » les troubler par ses railleries.

» Que je vous plains! reprit » l'Etranger; vous fuyez la tra- » casserie, & vous vous sauvez » dans le séjour de la barbarie? » Vous craignez d'être ridiculi- » sés, & vous vous exposez à être » persécutés, déchirés?...

Delouaville & son amante se regardoient avec surprise: ils étoient tentés de croire que leur compagnon de voyage étoit un fou. » Mais, qui vous a donné, » lui dit le François, une si fausse idée de la *Grande-Bretagne?* » Vous n'avez donc pas lû les » ouvrages des Philosophes Anglois? Les Romans mêmes de » leur *Fielding*, de leur *Richardson*, ne respirent-ils pas la » bienfaisance, l'humanité, toutes les vertus enfin qui distinguent ces Insulaires?

Il lui fit ensuite un discours à la françoise très décisif & très poli, duquel il résultoit, tout bien pesé, que le bon-homme n'avoit pas le sens commun.

Le vieillard lui présenta son livre, en lui disant pour toute réponse : lisez.

Delouaville prit les voyages de *Tchim-Kao*, & lût.

Vers le Nord de l'Europe, on rencontre deux Nations Sauvages, les Lapons *& les* Anglois.

Les premiers ne sont Sauvages que du côté de l'esprit ; les ténebres de leur Ciel se communiquent à leur ame, les Arts ne peuvent germer dans ce pays stérile.

Les seconds sont barbares dans le cœur ; ils s'imaginent, comme tous les autres Sauvages, être le premier peuple du monde, & même le plus policé.

Ils se donnent le titre fastueux de Rois de la mer (*a*), *ils n'en*

(*a*) Ils prétendent même à cet empire. Un Député du Parlement d'Angleterre ouvrit un jour son discours dans cette assemblée qui représente la Nation en corps, par ces mots: *On ne doit pas tirer un coup de canon dans aucune partie du monde sur la mer, sans la permission de la Grande-Bretagne.* Voyez le Politique Danois.

Le Kan des Tartares ne mange que du lait, n'a pas de maison, & ne vit que de brigandages. Quand il a dîné, un Hérault crie, que tous les Rois de la terre peuvent aller dîner si bon leur semble.

C'est au Lecteur à juger laquelle de ces deux fanfaronnades est la plus extravagante. *Voyez les Lettres Persannes.*

ſont que les Pirates ; ils vivent de rapines, ils n'ont que l'art de mettre les Nations à une eſpece de contribution. Ils ſavent les dépouiller, & ne ſauroient les vaincre ; ils n'ont jamais ſû combattre, puiſqu'ils ont preſque toujours été les eſclaves de quiconque a tenté de les ſubjuguer, la plupart des deſcentes qu'on a faites chez eux ont réuſſi. Les Romains, *les* Danois, *les* Normands, *les* Saxons *les ont conquis & gouvernés, &c.* (*a*)

(*a*) *Guillaume le Conquérant* les ayant ſubjugués, réflechit ſur la facilité qu'il avoit trouvée à les conquérir, & ſe perſuada que tout autre les auroit conquis auſſi aiſément ; qu'ils avoient moins de force que d'âpreté dans l'eſprit, plus d'arrogance que d'élévation dans l'ame ; que leur courage tenoit moins à la vraie valeur, qu'à la préſomptueuſe rudeſſe de leur caractere ; que leur orgueil étoit étonné quand ils voyoient qu'on ne les craignoit pas ; qu'alors ils commençoient à craindre, & qu'il falloit donc paroître ne pas même les eſtimer aſſez pour les traiter avec ſéverité. *M. de Saint-Foix, Eſſais hiſtorique ſur Paris.*

Cette lecture ne fit qu'amuſer nos François, le livre leur parut auſſi extravagant que leur compagnon ; ils brûloient d'envie de connoître cet homme ſingulier, qui ſatisfit ainſi leur curioſité.

» Je ſuis, leur dit il, d'un » Empire où l'humanité dicte » des loix. *Peckin* eſt ma Patrie, » j'ai cheri les hommes, j'ai vou- » lu leur bonheur : je n'ai eu » dans mes études d'autre but » que de leur être utile. J'ai vu » avec douleur que tous les peu- » ples de la terre, n'étoient pas » ſemblables aux *Chinois*, que » pluſicurs faiſoient leurs plaiſirs » du meurtre & du carnage.

» J'ai ſû que des Européans » zelés avoient formé le géné- » reux deſſein d'éclairer l'erreur » de ces peuples infortunés, qu'ils » avoient même réuſſi à donner » à quelques-uns des idées de » mœurs, de Religion, & de

» gouvernement. Jaloux d'un » projet si noble, j'ai voulu l'i- » miter ; j'ai appris presque tou- » tes les langues, j'ai parcouru » diverses contrées sauvages, où » j'ai eu le bonheur de faire des » hommes : le même dessein me » conduit en Angleterre «.

Les deux amans se moquerent de ce projet, & l'assurerent très positivement, qu'il en alloit rire lui-même dès qu'il seroit débarqué.

Le vaisseau aborda presque aussi-tôt à Douvres, le Chinois dit à *Delouaville :* » descendez, » voyez.

CHAPITRE II.

L'EQUIPAGE descend : *Kin-Foë* (c'eſt le nom du Mandarin Chinois) s'apprêtoit à gémir ſur tout, & *Delouaville* ouvroit déja de grands yeux diſpoſés à tout admirer, quand leurs oreilles furent frappées par des cris, des plaintes & des juremens. Ils tournerent la tête, ils apperçoivent des hommes garottés, à demi dépouillés, qu'on tiroit du fond d'un vaiſſeau ; c'étoit des François qu'un Corſaire Anglois venoit de faire priſonniers. On les précipitoit du navire par terre, des ſoldats ſe jettoient ſur eux, & achevoient de les dépouiller avec la derniere violence.

Les femmes étoient traitées

aussi cruellement que les hommes, la beauté n'avoit aucun privilege, on accabloit d'outrages ces tristes victimes, en leur enlevant leurs habits, & on les chassoit à demi-nues dans les campagnes. On voyoit ces Dames, à qui peut-être des Cavaliers François avoient baisé respectueusement la main, vingt-quatre heures auparavant, se sauver à travers les boues avec un cotillon délabré, au milieu des huées d'une populace féroce.

Des Soldats furieux entraînoient des hommes dans des prisons. Il est aisé de concevoir la situation des trois nouveaux débarqués à cette vue. *Delouaville* trépignoit de rage, en voyant ainsi maltraiter ses compatriotes. Il fondit sur les Anglois, l'épée à la main, un coup de sabre le renversa; ces forcenés le foulerent aux pieds, se jetterent ſur la tremblante *Cecile*, & lui arracherent les boucles de ſes oreilles, qu'ils mirent en ſang. Le ſage *Mandarin* éleva la voix pour débiter des dogmes du grand *Confucius*; un coup de pierre qu'il reçut dans la mâchoire, lui coupa la parole.

Heureuſement pour nos avanturiers, leurs compagnons de voyage les enleverent à la fureur des Anglois. Mais le brave *Delouaville* ſe dégagea des mains de ſes libérateurs, & courut après ſes ennemis. *Cecile* & *Kin-Foë* le ſuivirent, ils eurent bientôt rejoint la multitude, & confondus avec elle, ils pénétrerent dans l'horreur de ces priſons, où la férocité Angloiſe enchaîne & outrage la valeur. Ils virent un grand nombre de François entaſſés les uns ſur les autres d'une maniere déplorable. Un air peſtiferé s'exhaloit de ces affreux ſouterrains, où la corruption étoit concentrée. Les derniers ſoupirs des mourans ſe mêloient aux cris plaintifs des malades ; ces malheureux ouvroient une bouche aride, & ſembloient vouloir reſpirer l'odeur de la mort, qui s'étendoit autour d'eux. On leur jettoit quelques morceaux de pain noir, alimens cruels qui, en conſervant la vie à ces infortunés, leur faiſoient ſentir l'horreur de la paſſer ſous la domination des Anglois *(a)*.

Delouaville fit des efforts incroyables pour ravir ſes compatriotes à la rage de leurs bour-

(a) On ſent que l'Auteur a adouci l'exécrable tableau de la barbarie Angloiſe, par ménagement pour la délicateſſe Françoiſe. Si quelqu'un veut voir des traits plus odieux, qu'il liſe l'*Obſervateur Hollandois*, *le Fils Naturel*, *le Politique Danois*, *&c.* & qu'il interroge mille Officiers François, qui ont eu le malheur d'être priſonniers en Angleterre.

reaux, mais le nombre l'accabla. Il alloit être lui-même chargé de chaînes, sans le secours que lui donnerent encore une fois ses compagnons de voyage, qui l'avoient suivi malgré lui jusques dans ces lieux horribles; ils vinrent à bout de le faire esquiver avec *Cecile* & *Kin-Foë*. Ils partirent aussi-tôt pour Londres, Delouaville le bras en écharpe, & le corps tout meurtri; *Kin-Foë* la mâchoire diminuée & l'œil enflé, & *Cecile* les oreilles écourtées & ensanglantées; leurs fideles défenseurs les embrasserent, & les féliciterent du bonheur qu'ils avoient d'en être quittes à si bon marché.

CHAPITRE III.

LE *Trio* dolent s'achemine pour Londres. Une voiture délabrée conduite par un Cocher ivre, à la lueur d'un croiſſant nuageux, *cahota* ſi fort les triſtes voyageurs, qu'ils ne purent retenir le méchant dîner qu'ils avoient fait en poſte à Douvres. Ils s'efforçoient de rendre ce qu'ils avoient pris en Angleterre ; le Cocher faiſoit paroli avec eux, ſes chevaux alloient ſur leur bonne foi, ils s'égaroient de tems en tems ; leur ſobre conducteur s'en prenoit au trois Etrangers & juroit contre eux.

Delouaville ; qui n'entendoit pas un mot d'Anglois, ne répondoit rien aux inſolences du Poſtillon, il peſtoit intérieurement : *Cecile* pleuroit, le *Mandarin*

darin soutenoit sa mâchoire & les plaignoit. Le jeune François, l'œil morne, le sourçil froncé, la tête baissée, avoit déja l'air à moitié Anglois; *Kin-Foë*, plus philosophe que lui, rompit le premier le silence. » Eh bien, dit-il, nous avons » déja gouté des fruits du pays: » que vous en semble? Est-ce ici » la patrie des Sages? Le bon- » heur est-il dans cette Isle?

» Ah! s'écria *Delouaville*, ses » habitans sont des tigres, le » nom de Sauvages est cent fois » trop beau pour eux: ce sont » des monstres, des bêtes fé- » roces.

» Mon cher *Delouaville*, vous » êtes excessif en tout, reprit » tranquillement le Chinois; » jugez plus sainement des cho- » ses. Les Anglois ne sont de- » puis notre arrivée que ce qu'ils » étoient auparavant; je les ai

» crus ſemblables aux Sauvages » des deſerts de l'Afrique, je les » crois encore tels, & rien de » plus.

» Mais, interrompit *Delouaville*, avez-vous vû dans ces » deſerts des Ours auſſi barbares » que ceux-ci ?

» Sans pitié pour le Sexe? » ajouta *Cecile.*

» Oui, continua *Kin-Foë*, » les Sauvages ſont par-tout à-» peu-près les mêmes; ces êtres » que la nature organiſa comme » nous, & qu'elle deſtine à de-» venir ce que nous ſommes, » tiennent le milieu entre l'hom-» me & la brute. A meſure que » leur eſprit s'éclaire, leur cœur » s'endurcit, & après avoir été » ſtupides, ils ſont féroces, juſ-» qu'à ce qu'ils deviennent ſen-» ſibles. Tel eſt l'état actuel des » Anglois, leur cruauté eſt l'ef-» fet de leur groſſiereté, mais je

» me flatte de réuſſir à ébaucher
» leur changement. Le com-
» merce des Nations policées,
» & ſur-tout des François, ache-
» vera mon ouvrage, & en fera
» des hommes. Les mauvais trai-
» temens que vous avez vus exer-
» cer ſur vos compatriotes, &
» dont nous avons eû aſſez bon-
» ne part, vous révoltent; mais
» ne vous avois-je pas prévenu
» des mœurs de ce pays? Dé-
» pouiller les priſonniers, les
» charger de fers, les accabler
» d'outrages, c'eſt l'uſage de
» tous les Peuples ſauvages.
» C'eſt ainſi qu'ils flétriſſent leurs
» victoires; la ſage légiſlation
» eſt précédée par la tyrannie.
» Toute la différence que je vois
» entre les Anglois & les Sau-
» vages de l'Afrique, c'eſt que
» chez ces derniers, le ſexe foi-
» ble eſt épargné.

» Ceſt bien naturel, dit Cé-
» *cile* «.

Ces réflexions que les deux amans avoient peine à digerer, les menerent insensiblement à Londres. En descendant de leur misérable voiture, ils entrerent dans une taverne sombre, où l'air étoit aussi lourd, que les Anglois qui s'y repaissoient; on appercevoit d'espace en espace quelques lumieres qui perçoient à peine à travers la fumée du charbon & des pipes; une troupe de ces fumeurs étoit autour d'un poèle, ils buvoient tristement dans le même vase d'une liqueur jaunâtre; on voyoit d'un autre côté sur des tables malpropres des morceaux énormes de bœuf à demi cuit, que dévoroient des especes d'hommes qui paroissoient presque ignorer l'usage du pain (*a*).

(*a*) On sait que les Anglois mangent très peu de pain, & beaucoup de viande, qu'ils ne laissent cuire qu'à moitié.

Ces objets dégoutans firent perdre l'appétit à nos Etrangers, ils mangerent peu, payerent beaucoup, dormirent très mal, & se leverent de grand matin pour aller courir dans les rues de Londres. Quelques équipages brillans, quelques jolies physionomies, quelques habits riches, quoique mausſadement portés, reconcilierent un peu les amans avec la *Grande-Bretagne*. Ils ne tarderent pas à observer, que c'étoit dans la Province, qu'ils avoient été si mal reçus, & que sans doute, la Capitale étoit plus policée. Dans cette opinion, *Delouaville* demanda à un passant le chemin du *Parc Saint James*, dont il avoit entendu parler comme d'un très beau jardin. L'honnête passant se contenta de lui rire au nez d'une maniere sombre &

dédaigneuſe. Il s'adreſſa à un ſecond qui parut étonné de ce qu'il ne connoiſſoit point le chemin de ce fameux Parc : il ne ſoupçonnoit pas qu'on pût ignorer ce qu'il ſavoit. *Delouaville* eut donc recours à un troiſieme, qui, en l'entendant parler françois, lui mit le poing ſous le menton, en jurant *Goddam.*

Delouaville ſans comprendre ce qu'on lui diſoit, ſe crut outragé ; la ſcene de Douvres alloit recommencer, ſi des hommes charitables, qui ſûrement n'étoient pas Anglois, ne les euſſent ſéparés. O Nation groſſiere ! s'écrioit *Delouaville*, qu'il eſt dur de ſe trouver jetté dans cette ville barbare, quand on a vecu parmi les François, au milieu de ce peuple humain & prévenant! *Paris* eſt la patrie des étrangers, *Londres* eſt le repaire des ſeuls Anglois. Il en eut dit davantage, s'ils ne ſe fuſſent pas trouvés engagés dans une foule de peuple qui les heurta, les froiſſa, & les entraîna dans la Place de *Tyburn* (*a*).

(*a*) Place des exécutions.

CHAPITRE IV.

DES potences, des échaffauts & des buchers étoient élevés ſur la Place. On alloit donner au Peuple le ſpectacle de pluſieurs exécutions ſanglantes. La figure ſombre & taciturne des Spectateurs auroit fait penſer que cet appareil étoit deſtiné pour chacun d'eux, & ceux au contraire, dont on préparoit le ſupplice, paroiſſoient aller à quelque fête, tant ils montroient de gaieté. Ils faiſoient les agréables, & tâchoient par leurs fades bouffonneries, d'amuſer la populace aſſemblée. L'un faiſoit un diſcours grave & pathétique, dans lequel il vantoit ſon courage, le nombre des Voyageurs qu'il avoit détrouſſés

troussés & égorgés dans les bois, & la grandeur des exploits qui l'avoient conduit au lit d'honneur, où il alloit mourir. Un autre, qui n'avoit pas son éloquence, accompagnoit l'Orateur par des gestes burlesques. Ce *Duo* comique représentoit assez bien les scenes des Anciens, où un Acteur étoit chargé des paroles, & un autre du geste. Un troisieme faisoit le Prophête, il annonçoit sa mort, qui étoit très sûre, il prédisoit aussi la ruine de l'Angleterre. *Malheureuse Patrie*, disoit-il, d'un ton emphatique; *Cité déplorable! Que vois-je? La Mer vomit dans ton sein des Guerriers terribles. La Mort vole sur tes bords. Des Hommes de terre* (*a*) *vont détruire les Rois de la*

(*a*) C'est ainsi que les Anglois appellent les habitants du Continent.

Mer. Malheur à l'Angleterre, malheur à Londres, malheur à moi-même.

Au même instant la corde le syncopa. Ses Compagnons eurent le même sort. Tout le peuple aussi-tôt se jette sur eux : on se pend à leurs jambes ; on se hâte de leur arracher la vie. Il n'y avoit pas un Anglois qui ne fût jaloux de faire l'office de Bourreau. Les parens de ceux qu'on livroit au supplice, assistoient à cette cérémonie aussi gaiement que le reste du peuple.

On alluma les buchers, on fit périr dans les flammes plusieurs criminels. La populace enlevoit le bois du bucher, avant que les malheureux fussent consumés. D'autres dépouilloient les patiens suspendus au bout d'une corde, luttant encore contre une mort affreuse (*a*).

» Monſtres inhumains, dit » *Delouaville* ? Quels affreux » ſpectacles on nous offre ici? » Je reconnois, mais trop tard, » que les Anglois ne ſont que » des barbares.

» Toute autre Nation nous » donneroit de pareils ſpectacles, interrompit le *Mandarin*. Il y a par-tout des crimes

(*a*) Cette ſcene eſt l'hiſtoire de ce qui ſe paſſe en Angleterre. (*Voyez les Lettres Juives*). Le Bourreau ne ſecoue point les pendus, tout le peuple ſe charge de cet emploi, on vole juſqu'aux culottes de ces malheureux. Les Criminels avant de mourir vendent leur corps à des Chirurgiens, & ſe divertiſſent avez l'argent qu'ils en reçoivent ; leurs parens ne ſont pas plus affligés qu'eux, parcequ'une famille n'eſt pas deshonorée par le ſupplice d'un de ſes membres. Je ne ſais pourquoi les Anglois ſont ſi apprivoiſés avec la mort ; ſont-ils familiariſés avec le crime ou avec le châtiment ? Le ſupplice n'eſt infamant que chez une Nation policée ; les Sauvages le meſurent ſur les douleurs qu'il cauſe, & non ſur l'infamie qu'il entraine.

» à punir. Je ne vois ici de par-
» ticulier que la maniere dont les
» criminels ont ſubi la mort, &
» dont les Anglois l'ont vû. Je
» reconnois là une aſſemblée de
» *Sauvages*. Je crois être chez
» les *Caraïbes*. Quand ils font
» mourir un ennemi, tous, juſ-
» qu'aux femmes & aux enfans,
» s'efforcent de contribuer à ſon
» ſupplice. Le Patient, joyeux
» au milieu des tortures, brave
» ſes Bourreaux, chante ſa chan-
» ſon de guerre, fait parade de
» ſes exploits, & des cruautés
» qu'il a exercées ſur les vain-
» cus. Il détaille le nombre des
» *Caraïbes* qu'il a maſſacrés ; il
» meurt enfin en ſe mocquant
» de ceux qui le tourmentent.

» Des barbares quittent la vie
» ſans regret. Qui pourroit les y
» attacher? Ils ignorent les dou-
» ceurs de la ſociété, les nœuds
» de la tendre nature. Leur exiſ-

» tence touche de si près au
» néant, qu'ils passent de l'un
» à l'autre sans presque s'en ap-
» percevoir «.

En causant ainsi, ils étoient poussés d'un bout de la Place à l'autre par les flots de la populace. Dans ce tumulte, ils perdirent *Cécile*. Tandis qu'ils la cherchoient des yeux, on fendit près d'eux la foule, pour emporter le corps d'une fille qui venoit d'être étouffée. *Delouaville*, qui ne fit que l'entrevoir, crut reconnoître la taille de *Cécile*. Grands Dieux! s'écria-t-il, *Cécile!* Ma chere *Cécile*. Vous eussiez dit d'*Enée* courant après *Creüse* qu'il avoit perdue. Le pauvre Amant voulut s'ouvrir un chemin pour suivre le cadavre. Les Anglois, se mocquant de ses lamentations françoises, le poussoient, le repoussoient, & se le renvoyoient comme une balle de paume. Il recevoit un coup de pied à droite, un coup de poing à gauche. Furieux, balançant entre le desir de se vanger, & celui de retrouver Cécile, il écumoit de rage. Ballotté par cette multitude barbare, accablé par son incertitude sur le sort de *Cécile*, il alloit succomber : ses forces l'abandonnoient. Mais peu-à-peu la foule s'écoula, la Place se vuida, nos trois personnages se reconnurent, s'embrasserent, & se retirerent en fort mauvais état.

CHAPITRE V.

Ils ne s'étoient trouvés jusqu'ici que parmi la populace : ils crurent que les assemblées des honnêtes gens étoient moins tumultueuses, qu'il devoit y régner de l'ordre & de la décence. Pleins de cette idée, ils furent à un Spectacle Anglois, où les Grands devoient se réunir ; ils avoient lieu d'espérer que des objets agréables alloient leur faire oublier les scenes d'horreur qui les avoient suivis par-tout. Quel fut leur étonnement, quand ils virent, sur une espéce de Théatre, des hommes à demi nuds, armés d'un sabre, qui déployoient l'un contre l'autre toutes les ressources de l'adresse & de l'agilité.

Cécile effrayée poussa un cri qui

fit rire tout le monde. Un des Combattans tourna les yeux du côté d'où partoit ce cri ; ce moment d'inattention lui valut une large blessure. *Delouaville* vouloit aller séparer les férailleurs, on le retint, en l'assurant que ce qu'il prenoit pour un accident malheureux, étoit un spectacle destiné à l'amusement des Anglois. » Quoi Barbares ! » répondit-il, on s'égorge pour » vous plaire ! «

Tandis qu'il parloit, le combat continuoit, le sang couloit, & les Anglois rioient. On voyoit de jeunes *Miss* sourire à leurs Amans, se regarder d'un œil dans leurs miroirs, & de l'autre suivre le fer qui se plongeoit dans le sein du vaincu. Un de ces malheureux perdit la vie ; trois autres furent emportés nageans dans leur sang, au grand contentement des Anglois, qui applaudiſſoient à tout rompre.

» C'eſt donc là, diſoit le jeu-
» ne François, cette Nation
» que j'ai crue animée de l'hu-
» manité la plus pure ! Les cruels
» ne ſe repaiſſent que de ſang !

» Oui, continuoit le Manda-
» rin, ces combats ſont horri-
» bles, ils caractériſent bien
» une Nation barbare ; ils font
» cependant honneur aux An-
» glois : c'eſt par-là qu'ils appro-
» chent le plus d'une nation po-
» licée. Ceci vous paroît un pa-
» radoxe ; mais ouvrez l'Hiſtoi-
» re, vous y verrez le Peuple Ro-
» main ſouffrir dans la Capitale
» du monde ces ſpectacles af-
» freux où triomphoit l'inhuma-
» nité. Ces conquérans ne s'é-
» toient élevés à l'Empire du
» monde que par le meurtre &
» le carnage ; ils avoient con-
» ſervé quelques reſtes de leur
» premiere férocité. Mais ſans

» avoir acquis leur grandeur, les » Anglois ont leur cruauté. Ce » qui dégradoit les vainqueurs de » l'Univers, fait l'unique gloire » des ennemis du nom François. » Les Romains descendoient à » cette barbarie, les Anglois s'é- » levent à cette copie de la cruau- » té Romaine « (*a*).

Cécile n'étoit pas en état d'écouter leur conversation. Tremblante, agitée, elle vouloit s'éloigner de ces objets révoltans; mais la vue d'un Gladiateur, qui rendoit l'ame sur le Théatre, la fit tomber sans connoissance. Son Amant & *Kin-Foë* la ramenerent chez elle, en maudissant les Anglois, qui, tout occupés de ces scenes exécrables, ne s'étoient pas seulement apperçus de l'évanouissement de *Cécile*. Elle fut bientôt rétablie.

(*a*) Les anciens Romains souffroient chez

Delouaville, ayant appris qu'on représentoit à Londres des Pieces dramatiques, crut pour le coup qu'il trouveroit des hommes à ce Spectacle. Il y mena son ami le Chinois & sa chere *Cécile*, qui s'y laissa conduire par complaisance.

Delouaville n'entendoit point la langue; mais il espéroit que l'art des Acteurs, leur son de voix, leurs regards, leurs gestes enfin provoqueroient sa sensibilité, & l'aideroient à soupçonner une partie de la piece; accoutumé à répandre de douces larmes au Théâtre de Paris, il comptoit jouir des plaisirs que

eux des combats de Gladiateurs; les Vestales y assistoient, & décidoient de la vie ou de la mort du Gladiateur vaincu, par la maniere dont elles renversoient leur pouce. Quand nos Françoises lisent ces horreurs, elles ne peuvent croire que les hommes aient jamais pû faire leur plaisir de la mort de leurs semblables. Nos voisins sont les garants de la vérité de l'Histoire Romaine en ce point.

lui avoient procurés *Zaïre*, *Merope*, *Phedre*, *Rhadamiste*, &c. On leve la toile ; des Spectres, des têtes de mort, des gibets, des Bourreaux, frapperent leurs yeux effrayés. Ils se crurent transportés encore une fois à la Place de *Tyburn* ; tout les révolta, les gesticulations des Acteurs exprimoient l'impudence & la grossiereté (*a*).

» Est-ce-là, s'écrioit douloureusement *Delouaville*, ce » spectacle attendrissant qui fait

(*a*) On ne sait quelle étoit la piece que jouoient ce jour-là les Comédiens de Londres. La Tragédie du Prince *Hamlet* présente des têtes de mort, des Spectres, &c. Celle d'*André Barnewelt*, a pour Héros un jeune homme pendu pour crime de vol & d'assassinat. Toutes les Comédies Angloises respirent la lubricité la plus hardie, les gestes des Acteurs répondent merveilleusement à la licence outrée des paroles. L'horreur & le *dégoutant* prennent chez eux la place de la terreur & de la pitié, que la Tragédie doit inspirer. Le Théâtre d'une Nation est ordinairement la meilleure peinture de ses mœurs.

» couler les pleurs de la volupté?
» Les *Anglois* sont donc féroces
» jusques dans leurs plaisirs.

» Il y a, sans doute, disoit
» *Kin-Foë*, une grande diffe-
» rence de ce peuple à vos com-
» patriotes ; les *François* sont
» émus par les soupirs de l'a-
» mour, la vertu éplorée les
» touche, leur ame généreuse
» & sensible est facilement at-
» tendrie ; mais il faut des ta-
» bleaux terribles pour émouvoir
» des *Sauvages*. Il faut des poi-
» gnards, des flammes, des hor-
» reurs pour aller déterrer au
» fond de leur cœur une ombre
» de sensibilité qui y est enseve-
» lie. Il faut frapper ces rocs à
» coups redoublés, pour en tirer
» des étincelles «.

Une petite piece écrite en François suivit la grande ; *Delouaville* & *Cecile* furent bien étonnés d'entendre railler leur

Nation dans cette farce (*a*). Les Anglois avoient puisé dans eux-mêmes quelques ridicules qu'ils prêtoient à la France, & dont ils rioient à gorge déployée : le rire grimaçoit sur leurs levres. L'Auteur vouloit railler finement la Nation la plus délicate du monde, il tomboit dans la grossiere bouffonnerie, & s'élevoit de tems en tems jusqu'au burlesque. Les trois Etrangers s'efforçoient de faire *chorus* avec les rieurs, mais ils bâilloient malgré eux. » En hon» neur, disoit *Delouaville*, on » ne peut pas se fâcher de cela «.

Rendu sérieux par l'ennui, il tourna le dos au théâtre, & s'entretenoit gravement avec *Kin-*

(*a*) Les Anglois ont représenté sur leur Théâtre plusieurs Comédies, dans lesquelles ils se sont efforcés de tourner en ridicule les mœurs & le gouvernement de la Nation Françoise.

Foë de la présomption Angloise, quand tout-à-coup leur entretien fut troublé par des cris affreux; on vit briller des épées, des sabres, des pistolets. Un Ballet qui suivit la Tragédie fut la cause de ce désordre. Les Anglois prodiguoient leurs applaudissemens, quand ils apprirent que cette pantomime étoit l'ouvrage d'un *François*. Enragés d'avoir admiré les talens d'un homme né parmi leurs ennemis, ils se jetterent sur le Théâtre, massacrerent tout ce qu'ils trouverent; la fureur les emporta, ils se tuoient les uns les autres; la mort voloit de loge en loge, le sang ruisseloit dans tous les coins de la salle (*a*).

Delouaville & *Kin-Foë* furent

(*a*) Il est arrivé sur le Théâtre de Londres un évenement pareil à celui qu'on décrit ici à l'occasion des *Fêtes Chinoises*, Ballet de M. *Noverre*. *Voyez le Journal Etranger*.

contraints de défendre leur vie, ils reçurent plusieurs coups d'épée ; la mourante *Cecile* à demi étouffée perdit tout sentiment, ne revint à elle que par les secousses qu'elle reçut dans ce tumulte, retomba encore évanouie, & fut enfin retrouvée presque sans vie par son malheureux amant, qui étoit dans une situation à-peu-près aussi déplorable. Ils s'enfuirent tous trois de ce lieu d'exécration, en jurant de quitter dès le lendemain cette contrée sauvage.

CHAP.

CHAPITRE VI.

CECILE accablée par tant d'accidens, n'étoit pas en état de ſupporter les fatigues d'un voyage ; elle prit le parti de reſter dans ſa chambre, pour ne plus s'expoſer à la brutalité de ces inſulaires ; mais la retraite n'étoit point du goût de ſon amant, il entraina le *Mandarin* dans un Caffé, où il ſe déchaîna tout haut contre l'*Angleterre*, pays affreux dont les habitans rendus féroces par la chair ſanglante qu'ils dévoroient, faiſoient mourir de faim leurs priſonniers, eſtropioient les nouveaux debarqués, voloient les boucles d'oreille des jeunes filles, & faiſoient pleuvoir des pierres ſur ceux qui leur parloient raiſon. Il ne pouvoit ſe rappeller ſans indignation cette Place de *Tyburn*, où l'on ne pouvoit pas chercher ſa maitreſſe ſans être chargé de coups de pied & de coups de poing, & qui paroiſſoit moins un lieu deſtiné au ſupplice des ſcelerats, qu'un Théâtre de Baladins, tandis que la ſalle de la Comédie étoit un gibet & un coupe gorge, d'où l'on ne ſortoit que criblé de coups d'épée.

Un homme aſſis auprès d'eux entendit ce panegyrique; cet homme étoit ſérieux ſans être ſombre, il parloit ſans grincer les dents, & entendoit prononcer le nom François ſans convulſion. Il avoit voyagé en France, & en parloit facilement la langue; il ſe mêla à la converſation, dit des choſes raiſonnables qui annonçoient même de la ſenſibilité.

Vous êtes, ſans doute étranger, lui dit *Delouaville*, non, Monſieur, répondit-il ; je ſuis Anglois. Vous êtes Anglois ? reprit vivement *Delouaville*, & vous avez un cœur ?

L'honnête Anglois ne s'emporta point contre une repartie ſi violente ; il voulut défendre ſa Patrie avec les armes de la raiſon : ce qui donna lieu à la converſation ſuivante.

L'ANGLOIS.

Vous connoiſſez peu l'*Angleterre*, à ce que je vois ? Il y a à *Londres* un grand nombre de ſages qui gémiſſent comme vous de la brutalité du peuple.

LE FRANÇOIS.

Où ſont-ils donc vos ſages ? où les rencontre-t-on ?

L'ANGLOIS.

Dans la ſolitude : ce ſont des gens obſcurs qui fréquentent peu les aſſemblées ; du fond de leur cabinet, ils inſtruiſent leurs Citoyens par des ouvrages philoſophiques, &c...

LE FRANÇOIS.

Je vous entends, vous m'allez citer les *Richardſon* (*a*), les *Fielding* (*b*), & quelques autres. J'ai lû leurs beaux Romans, c'eſt d'après la lecture de *Sir Charles Grandiſon*, que je me ſuis embarqué pour ce pays. A juger des Anglois par ce Roman, il ſembleroit que toutes les vertus ſe ſeroient retirées dans cette Iſle,

(*a*) Auteur de *Pamela*, de *Clariſſe Harlowe*, & de *Sir Charles Grandiſon*.

(*b*) Auteur de *Tom Jones*, &c.

mais les *Sir Grandiſon* & les Miſs *Byron* (*a*), les *Clariſſe Harlowe*, & les *Pamela*, ſont des êtres chimériques; les *Solmes* (*b*) & les *Blifil* (*c*), ſont auſſi communs ici, que les *Alworthy* (*d*) y ſont rares.

L'ANGLOIS.

Les Romans dont vous parlez font honneur à ma patrie; mais que ſont ces ouvrages en comparaiſon de ceux des *Locke*, des *Bacon*, des *Pope*, des *Adiſſon*, en un mot de tous les Philoſophes, par qui l'*Angleterre* s'eſt diſtinguée ſur toutes les autres Nations?

(*a*) Héroïne du Roman de Sir Grandiſon.
(*b*) Perſonnages odieux, l'un de *Clarriſſe Harlowe*.
(*c*) L'autre de *Tom Jones*.
(*d*) Perſonnage vertueux du Roman de *Tom Jones*.

LE CHINOIS.

Je crois bien, Monſieur, qu'il y a quelques hommes dans ce terroir barbare, mais ce ſont des fruits qui y ſont étrangers. Je leur rends toute juſtice : nous reconnoiſſons, nous embraſſons nos ſemblables par tout où nous les trouvons ; mais la poignée de grands hommes qu'a produite l'Angleterre ne conſtitue pas la Nation, ce ſont des exceptions à la regle ; c'eſt le peuple qui fait la Nation ; c'eſt d'après les mœurs du peuple qu'on juge de celles d'un Etat. Les Philoſophes qui vivent dans ce pays, me confirment dans l'opinion que j'ai de ſa barbarie, puiſqu'ils n'ont pû communiquer à leurs durs compatriotes, aucune étincelle de l'humanité qu'ils ont prêchée ; leurs lumieres ne peuvent percer les ténebres de ce peuple, il vit avec eux ſans prendre la teinture de leurs vertus.

LE FRANÇOIS.

Nos avantures de *Douvres*, de *Tyburn*, de la *Comedie*, prouvent que . . .

L'ANGLOIS.

Mais ce ſont là des accidens qui arrivent rarement : les Spectacles ſont preſque toujours tranquilles : vous avez eu le malheur d'être témoins à la Comédie d'un évenement extraordinaire. On ne vous a inſultés à *Douvres*, que parceque vous avez été ſans doute les agreſſeurs.

LE FRANÇOIS.

Vouliez-vous, Monſieur l'Anglois, que je fuſſe ſpectateur

tranquille des indignités que je voyois commettre sur mes Compatriotes ? Applaudissez - vous aux traitemens infâmes qu'on fait ici aux Prisonniers François? Quelle rage anime vos Concitoyens contre nous? Quand des Vaisseaux *François* usent du droit de la Guerre pour arrêter des Vaisseaux *Anglois*, comment traite-t-on les Prisonniers? Ils sont libres dans les Villes où on les conduit. On plaint leur malheur ; on cherche à leur faire oublier qu'ils sont prisonniers. Il n'est point de *François*, qui ne tâche d'adoucir leur esclavage : les femmes y reçoivent tous les égards dûs au sexe & à la beauté? Est-ce par reconnoissance que ces monstres outragent ainsi leurs bienfaiteurs?

L'ANGLOIS.

Je blâme, comme vous, cette ſévérité : ils devroient apprendre de leurs ennemis mêmes à mieux uſer de leurs victoires.

LE CHINOIS.

Ils ont cet abus, de commun avec tous les Sauvages. Mais s'ils ne l'étoient que de ce côté...

L'ANGLOIS.

En quoi donc les Anglois reſſemblent-ils tant aux Sauvages ?

LE CHINOIS.

En tout. Je ne dis pas même qu'ils leur reſſemblent, mais qu'ils le ſont ; & je le prouve. Qu'eſt-ce qui caractériſe un peuple ſauvage ? Le défaut de Loix, de Religion & de Mœurs : or, les Anglois. . . . . ,

L'ANGLOIS,

Ont des Loix, des Mœurs & une Religion.

LE CHINOIS,

Je ne crois pas me tromper. Commençons par les Loix : je ſais qu'on a voulu leur en donner ; mais ils ne les ont reçues que pour avoir le plaiſir de les enfreindre. Les Loix ne doivent être regardées comme telles, que quand elles produiſent de bons effets. Par-tout elles humaniſent le peuple, & elles n'ont fait qu'exciter les Anglois au meurtre. Il n'eſt point de Loi chez eux, qui n'ait fait verſer du ſang. Rien n'eſt ſacré pour ces barbares. Les Sauvages reſpectent du moins les Chefs qu'ils ſe ſont choiſis; mais les Anglois portent leurs mains ſur ceux qu'ils ont nommés les dépoſitaires des Loix, ſur leurs Rois mêmes.

L'ANGLOIS.

Tous les Peuples ont donné ces exemples horribles.

LE CHINOIS.

Le meurtre des Rois eſt partout un attentat exécrable; mais il a par-tout été le crime d'un ſeul monſtre; & on n'a vû que chez les Anglois un Roi périr ſur l'échaffaut par un Jugement juridique. Sa mort eſt le crime de la Nation entiere, & ſera ſon opprobre éternel.

Eſt-il beſoin de vous rappeller toutes les révolutions, qui font paſſer dans tout l'Univers le Peuple Anglois pour un Peuple ſauvage & ſanguinaire? Eſt-il quelque Contrée plus abreuvée de ſang ? La Nature ſemble ſe jouer de la vie de ces malheureux. Des Hommes pareils ont-ils des Loix ? & s'ils en ont, à quoi leur ſervent-elles, qu'à prouver leur férocité par le mépris qu'ils en font ?

L'ANGLOIS.

Vous paroiſſez bien inſtruit de l'hiſtoire de ce Pays ; mais en vous accordant que les Anglois ne ſuivent pas les Loix qu'ils ſe ſont impoſées, je ne crois pas devoir être auſſi indulgent pour la Religion & pour les Mœurs.

LE FRANÇOIS.

Quant aux Mœurs, je ne vous conſeille pas de prendre leur parti. Vous connoiſſez nos argumens : nous avons éprouvé la douceur des mœurs Angloiſes. Et par où prétendriez-vous les défendre? Connoît-on ici ce que c'eſt que des mœurs ſociables ? Quels ſont dans ce Pays les agrémens des ſociétés ? On boit beaucoup, on mange de même, on jure, on ſe bat, on s'égorge. Vive Paris pour les mœurs: ôtez-en un peu de tracaſſerie, la ſociété y eſt délicieuſe. Tous les plaiſirs y ſont concentrés; mais ici je ne vois que de la crapule & de la débauche.

LE CHINOIS.

Il ſeroit difficile d'y voir autre choſe : ce ſeroit contre la nature du Pays. Les douceurs de la ſociété ne ſe trouvent que chez Nations policées. Tous les vices, comme tous les crimes, ont ici leurs partiſans.

L'ANGLOIS.

Faites des exceptions : le Peuple ne fait pas toute la Nation.

LE CHINOIS.

Il en fait la majeure partie. Le Peuple & la Nation, je crois l'avoir déja dit, sont deux mots synonimes.

L'ANGLOIS.

Les Grands ne sont point sujets à ces grossieretés.

LE CHINOIS.

J'ai lu que les Grands étoient fort ignorans. La chasse du *Renard* & la Table, voilà leurs occupations. Elles ne les distinguent gueres du Peuple ; & encore une fois, quand quelques Anglois auroient des mœurs, cela ne feroit rien pour le général; ce feroit des Anglois qui mériteroient de ne l'être pas.

LE FRANÇOIS.

Il n'y a rien à répondre à cela.

LE CHINOIS.

Et pour la Religion, vous seriez bien embarrassé pour me définir celle qui domine dans ce Pays. Chacun a la sienne, & par-là personne n'en a. Le mépris des Anglois pour la vie sembleroit annoncer qu'ils ne se croient pas d'ame. Je ne sais même s'ils ont quelque idée de la Divinité (a), puisqu'un Orateur est chargé de leur prouver tous les ans l'existence d'un

(a) Il y a en Angleterre un prix fondé par M. Boyle, pour un Orateur qui doit prouver l'existence de Dieu. Ce prix feroit inutile chez un Peuple Chrétien, ou d'une autre Religion quelconque.

Etre ſuprême : cette précaution n'eſt pas d'un bon augure. On n'a donc pas réuſſi à leur perſuader l'exiſtence de Dieu. L'Orateur dans ce cas n'auroit plus eu d'Auditeurs l'année ſuivante. Peut-être placent-ils la Divinité dans l'attraction, dont votre *Newton* leur a donné l'idée. Tout bien peſé, la Religion Anglicane conſiſte à pendre les Prêtres Catholiques.

L'ANGLOIS.

Je veux bien avouer que les mœurs de mes Concitoyens ſont un peu féroces, & qu'ils ne font pas grand cas de la Religion ; mais vous n'en concluerez pas qu'ils ſoient des Sauvages. Les Sauvages ne connoiſſent point les Traités. . . . .

LE CHINOIS.

C'eſt où je vous attendois.

Les Traités en effet ne sont en usage que parmi les Peuples policés. C'est sur la foi de ces Traités qu'est assuré leur repos. Ils ont adopté des principes qui les distinguent des Sauvages, & qui établissent entr'eux un juste équilibre, auquel ils doivent réciproquement leur gloire & leur sûreté : ce nœud sacré, qui les lie dans la guerre comme dans la paix, s'appelle *le Droit des Gens*. Ce Droit consiste à ne commettre aucune hostilité, sans déclaration de guerre, à respecter les Ambassadeurs, qui représentent toujours la Personne des Rois, à traiter avec humanité les prisonniers de guerre, &c.

Voilà une partie du *Droit des Gens*. Les Anglois le connoissent-ils ? Ne les a-t-on pas vûs s'emparer des Vaisseaux François, qui navigeoient avec sécurité à l'abri du Traité de paix? N'ont-ils pas pillé des Vaisseaux Hollandois, seulement parceque leur cargaison les accommodoit.

Ont-ils eu plus d'égards pour les Ambassadeurs ? N'ont-ils pas, tout récemment, assassiné *M. de Jumonville*, qui venoit traiter avec eux (*a*) ?

Ils n'ont pas même de principes de raison ni d'humanité. La loi naturelle, qui parle aux Sauvages, n'a pas encore retenti chez eux. Ils ne distinguent point le juste, de l'injuste, le malheur, du crime. L'infortuné *Bing* est envoyé à la mort, parcequ'il n'a pas vaincu. Un Peuple éclairé rend-il les hommes responsables des évènemens ?

Si je voulois parcourir tous les principes du *Droit des Gens*,

(*a*) Voyez le Politique Danois, l'Observateur Hollandois, & le Poëme de M. Thomas, sur la mort de M. Jumonville.

& même de l'humanité, je les trouverois tous violés par les Anglois ; mais ce détail feroit celui de leurs crimes. Je vous l'épargne : j'en ai dit aſſez pour vous prouver que les Anglois n'ont ni Mœurs, ni Loix, ni Religion ; qu'ils ne ſont point liés par les Traités aux Nations policées ; qu'ils ne connoiſſent point le *Droit des Gens* ; qu'ils n'ont aucune idée de la ſociété, ni même des principes de l'humanité : je crois qu'un tel Peuple eſt ſauvage dans toutes les formes.

LE FRANÇOIS.

Il ſeroit à deſirer qu'il ne fût que ſauvage. Mais ajoutez tous les vices que les Anglois ont, à toutes les vertus qu'ils n'ont pas, & *ſomme totale* vous trouverez qu'ils ſont non-ſeulement ſauvages, mais barbares.

LE CHINOIS.

Sans doute. Parcourez la *Louisiane*, vous y verrez les Peuples élevés dans les deserts de l'Amérique, frémir à l'aspect des cruautés angloises. Ils y paroissent hommes, les Anglois n'y sont que des monstres.

L'ANGLOIS.

Que puis-je vous répondre ? Vos reproches ne sont que trop fondés. Je dois mon hommage à la vérité; mais puis-je condamner mes Concitoyens ?

LE CHINOIS.

Il faut les plaindre & les éclairer. C'est dans ce dessein que je suis venu en Angleterre.

L'ANGLOIS.

Votre dessein est louable;

mais je connois mes Compatriotes. C'eſt en ſoupirant que je vous fais ces aveux : vous éprouverez leur dureté, mais vous ne les corrigerez pas.

LE CHINOIS.

Il faut donc les abandonner, s'il n'eſt pas poſſible de les changer. La ſage Nature a bien fait de les ſéparer par la mer du reſte du monde. Cette barrierre concentre la férocité dans cette Iſle. Puiſſent les farouches Anglois reſter toujours enfermés chez eux, & ne pas altérer par leur dangereux commerce l'humanité qui s'étend dans les autres parties de l'Europe !

L'ANGLOIS.

Nos Voiſins pourroient, plus que tout autre Peuple, adoucir nos mœurs, nous communiquer ce liant de la ſociété, qui rend la vie précieuſe, en la rendant agréable ; mais on ſe fait ici un devoir de les haïr. Tant que nous haïrons les *François*, nous ſerons des barbares.

LE CHINOIS.

Vos Compatriotes ſont en effet d'une noirceur profonde & opiniâtre. Les François ſe livrent à un premier mouvement de colere, qui s'évanouit ; les Anglois ſont peut-être le ſeul Peuple du monde, qui connoiſſe vraiment la haine. . . . .

LE FRANÇOIS.

Qu'il ſoit, après tout, ce qu'il voudra. Je pars demain ; & ſi jamais on me ratrappe ici. . . . .

CHAPITRE VII.

LES interlocuteurs de ce Dialogue se séparerent assez contens les uns des autres.

Delouaville louoit beaucoup le digne *Anglois*, qu'il plaignoit d'être né en Angleterre. Il revint trouver *Cecile*, inquiète de son absence. Il passa quelques jours avec elle dans la tranquillité, en attendant qu'elle pût supporter les fatigues de la mer : l'amour qui les avoit conduits à Londres, ne s'étoit pas éteint ; mais leurs malheurs l'avoient tellement engourdi, qu'il ne donnoit presqu'aucun signe de vie. Dans l'infortune l'amour n'a point de force, il n'a de traits que pour les heureux.

Une jeune *Miss* réveilla cependant l'idée du plaisir dans le cœur de l'Amant de *Cecile.* Il plut sans chercher à plaire. La vive Angloise ne tarda pas à le lui faire savoir. Un François rejette-t-il une bonne fortune? Quoiqu'attaché à *Cecile*, il crut son honneur intéressé à répondre aux agaceries de sa voisine. *Fanni* articuloit des sons anglois, *Delouaville* soupiroit des mots *françois*; paroles perdues, puisqu'elles ne pouvoient s'entendre; mais leurs yeux s'entendoient : ce langage est de tous les pays. Le jeune François, charmé d'avoir attendri la férocité d'un cœur Anglois, se mocquoit intérieurement de *Kin-Foë*, & s'applaudissoit d'avoir fait son ouvrage. Il alloit de tems en tems se promener dans l'allée du *Mail* (*a*) avec sa belle

(*a*) Allée la plus fréquentée du Parc de Saint James, elle a mille pas en longueur.

Miss.

Miſs. Ils conjuguoient enſemble le Verbe *To lowe* (*a*). Leurs geſtes ſuppléoient à la diſette des mots : ils auroient porté à ſa perfection l'art de la Pantomime, ſi leur commerce eût duré long tems.

Fanni conduiſit un ſoir ſa Conquête dans un Quartier éloigné : elle le fit monter dans un *galetas*, où ils virent une eſpece de figure humaine, à peine ébauchée, dont la maſſe groſſiere ſurmontée d'un vieux bonnet à l'eccléſiaſtique, étoit couverte d'une étoffe, qui jadis avoit été noire. Ce corps peſant, qui ſembloit ne ſe mouvoir que par des reſſorts, ſe tourna vers les deux nouveaux venus ; prit un livre gras, dont les feuillets portoient l'empreinte de ſes pouces. Sa machoire

(*a*) Ce Verbe ſignifie *aimer*.

s'ébranla , & s'entrouvrit pour laisser passer des sons lugubres, qui sembloient venir du fond d'un sépulcre. Ses élans convulsifs, sa prunelle égarée, inqui étoient *Delouaville*; il ne savoit si cet homme articuloit des prieres, ou des imprécations.

On présenta au François un anneau, en lui faisant signe de le mettre au doigt de la Belle. Il hésita d'abord ; mais il crut qu'il ne pouvoit rien résulter de cette ridicule cérémonie, ni des grimaces d'un Vieillard, dans le *taudis* duquel une fille seule l'avoit mené. Il lui mit donc cet anneau : l'Angloise aussi-tôt lui saute au cou, le presse dans ses bras, l'accable des plus vives caresses. Le Bon-homme se réjouissoit de leur joie, ses yeux cavés se chargeoient de feux. *Delouaville* s'imagina qu'il étoit dans une maison de liberté, & que ce Perſonnage étoit un honnête Directeur des plaiſirs de la jeuneſſe. Dans cette idée, il ſe promettoit mille agrémens, quand tout-à coup la porte fut enfoncée, & la chambre ſe trouva pleine de gens armés. Une femme en fureur étendit ſes mains, & imprima ſes ongles ſur le viſage de la tremblante *Fanni*. *Delouaville*, occupé à ſe défendre contre une troupe d'aſſaſſins, ne put ſecourir ſa chere Angloiſe: ſe croyant d'ailleurs dans un coupe-gorge, il profita de la nuit & du ſecours du Perſonnage à bonnet noir pour s'eſquiver. Ces *troubles-fêtes* le pourſuivirent longtems, mais il eut le bonheur de leur échapper; & après avoir couru, ſans s'arrêter, pendant trois ou quatre heures, il retrouva ſa maiſon, & monta tout effrayé & tout hors d'haleine chez le Chinois, pour lui conter ſon avanture ; mais il trouva le pauvre *Kin-Foë* entouré de Chirurgiens, qui chargeoient d'emplâtres ſon corps tout couvert de ſang & de contuſions.

CHAPITRE VIII.

QUAND les Chirurgiens eurent appliqué gravement leurs topiques ſur le malheureux *Mandarin*, l'impatient François lui raconta ſon hiſtoire.

» O vous, lui dit-il, après » avoir fini ſon recit, vous qui » connoiſſez les uſages de tous » les Pays, dites-moi ce que tout » cela ſignifie, ce que je dois » faire en de ſi étranges circonſ- » tances « ?

Bien traiter votre femme, répondit le Chinois, *puiſque vous êtes marié.*

Ce mot glaça le François, & le força pour un moment au ſilence; mais après avoir réflé-chi, il trouva que cette idée étoit chinoiſe, & d'une extravagance qui ne *ressembloit à rien.*

» Quoi ! dit-il à *Kin-Foë*, » cet homme massif. . . . .

Etoit un Ministre.

» Ces mots anglois qu'il pro- » nonçoit en Convulsionnaire...

Etoient les prieres accoutumées pour la célébration du mariage.

» Cet anneau ?

L'anneau nuptial.

» Ces gens furieux ? . . . .

Les Parens de votre femme, irrités de ce mariage clandestin.

» Helas ! je suis . . . .

Vous êtes marié.

» Mais, reprenoit *Deloua-* » *ville*, peut-il tomber sous les » sens, qu'une jeune fille épouse » un homme sans qu'il s'en ap- » perçoive, qu'elle puisse se ma- » rier à l'insçu de ses parens, & » contre leur volonté ; qu'elle » trouve un Ministre assez scéle- » rat pour servir sa passion; qu'on » procede à une cérémonie auf-

» si sérieuse dans un grenier, » sans témoins, sans formalités? ... Non, non cela n'est » pas possible, mon cher Kin-» Foë, une pareille union est » monstrueuse, & ne peut être » valide.

» Vous oubliez, mon cher » ami, interrompit le *Mandarin*, » que nous sommes chez des Sau-» vages. Ce malheur ne vous se-» roit pas arrivé dans un Royau-» me policé; mais en Angleter-» re, rien n'est si commun que » ces sortes de mariages; ils se » font à *la Fleet* pour cinq *schel-» lings*, à *May-fair*, pour une » *guinée*. Les Chapelles desti-» nées à ces unions ridicules, » ont chacune leur prix, & pour » les achalander, les Ministres » ont l'impudence de les annon-» cer dans les gazettes (*a*).

(*a*) Ces mariages abusifs sont très fréquents à Londres. On n'y publie presque ja-

Delouaville resta confondu, il se jetta à la renverse dans un fauteuil en prononçant le nom de *Cecile*. Il sentit alors renaître toute sa flamme pour cette aimable fille qu'il perdoit par son imprudence; il étoit immobile, & paroissoit privé de sentiment. Il sortit bientôt de cet assoupissement à la voix de *Cecile* qui

mais de bancs, & il y a des endroits privilegiés où l'on unit sans examen, & même sans témoins, ceux qui se présentent. Il y a à l'extrémité de *Westminster* dans le quartier de *May-fair*, une Chapelle que le Ministre tâche d'achalander, en faisant annoncer dans les gazettes qu'il marie pour une guinée, & à *la Fleet*, espece de prison pour les débiteurs, les Ministres indigens y marient pour cinq schellings, ou 6 liv. de notre monnoie. Ces mariages quoique faits sans les formalités nécessaires, & même contre les loix, ne laissent pas d'être valides. Il n'y a qu'un Acte du Parlement qui puisse les dissoudre, & cette faveur ne s'obtient qu'après beaucoup de longueurs & de dépenses, encore n'est-ce gueres que pour des familles de la premiere considération. (*Voyez Mart. Scriblerius, trad. de Pope*).

l'appelloit

l'appelloit d'un ton plaintif à son secours Il court à la porte de sa chambre, il y trouve sa maîtresse qui se soutenoit à peine, elle avoit entendu la fatale conversation ; & la cruelle idée de la perte de son amant, avoit causé sa défaillance.

» Parjure, lui dit-elle, vous » abandonnez l'infortunée *Ce-* » *cile !* Une Angloise, une fille » née chez des barbares, dont » elle a les mœurs, m'enleve mon » amant !... infidele !.... un » cœur pur, une fille vertueuse » que vous avez arrachée à sa » patrie, à sa famille, n'a donc » pû fixer votre goût volage. Une » femme sans pudeur vous a at- » taché ! Vous êtes lié pour » jamais à cette malheureuse ; je » ne suis plus à vous !... vous » ne serez plus à moi !... Que » vais-je devenir ? «

Ses sanglots lui couperent la

parole. *Delouaville* consterné la conduisit auprès du lit du *Chinois*, elle se laissa tomber dans un fauteuil : le triste François se mit à ses pieds, il embrassoit ses genoux, il ne pouvoit parler.

Le bon *Kin-Foë*, attendri par leurs larmes, oublioit ses blessures pour pleurer avec eux. Il essaya de les consoler en leur racontant une avanture à-peu-près semblable, qui l'avoit inquieté chez les *Hurons*.

Une jeune *Huronne* éprise de lui, l'avoit accablé de ses dégoûtantes caresses ; il s'étoit laissé conduire de même que *Delouaville* devant un vieillard qui les unit par des cérémonies burlesques, sous lesquelles *Kin-Foë* n'alla pas soupçonner un mariage. Les parens de la fille voulurent les assommer tous les deux, mais les Anciens de la Nation, déclarerent que la *Huronne* étoit femme du *Chinois*, & le condamnerent à la garder, il s'étoit dérobé par la fuite à cette importune épouſe.

„ Vous pouvez, continua-t-„ il, en parlant au François, „ vous débaraſſer ainſi de votre „ nouvelle femme. Retournez „ en France, ce mariage ridi-„ cule y ſera compté pour rien “.

L'eſpérance ſoulagea un peu les deux amans. Ils demanderent alors à leur conſolateur la cauſe du mauvais état où il étoit.

„ J'ai vû, répondit-il, des „ *Anglois* maltraiter quelques-„ uns de vos compatriotes, pour „ l'unique raiſon qu'ils étoient „ *François*. Gémiſſant ſur leur „ barbarie, autant que ſur les „ victimes de leur cruauté, je „ les ai ſuivis dans une taverne „ où ils ſont entrés après ce bel „ exploit. Mon deſſein étoit d'a-„ doucir leur férocité; j'ai gliſſé

» quelques mots dans leur con-
» verſation, & les voyant de
» bonne humeur, j'en ai voulu
» profiter pour leur inculquer
» quelques principes d'huma-
» nité. Ils m'écoutoient d'un
» air taciturne & attentif, je
» m'applaudiſſois de leur atten-
» tion, je croyois que la morale
» faiſoit ſon effet; mais à la fin
» de mon diſcours, un d'eux a
» pris une bouteille qu'il m'a
» caſſée ſur le viſage; auſſi tôt à
» ſon exemple, les autres ſe ſont
» ſaiſis des bouteilles qui étoient
» ſur la table, & me les ont bri-
» ſées ſur la tête. Je nageois dans
» mon ſang renverſé par terre;
» ils m'ont meurtri de coups,
» les chenets, les chandeliers,
» tous les meubles ont ſervi d'ar-
» mes à leur fureur; j'ai perdu
» peu-à-peu connoiſſance, je me
» ſuis ſenti fouler aux pieds, je
» ne ſais comment a fini cette

» ſcene, car je n'ai repris l'uſage » de mes ſens que dans ce lit où » je me ſuis vu environné de Chi- » rurgiens, qui m'ont dit avoir » été témoins de mon malheur » dans cette taverne, & avoir » trouvé dans mes poches un » papier ſur lequel étoit écrit ma » demeure. Ces honnêtes Meſ- » ſieurs m'ont ramené ici, & ont » eu la charité de me rendre une » partie de l'argent qui étoit dans » ma bourſe, ils n'ont retenu, » ſans doute, que le ſalaire de » leurs panſemens «.

Ces indignités révolterent les deux amans, & réveillerent leur juſte animoſité contre les Anglois. Ils ſe rappellerent tous les maux qu'ils avoient éprouvés coup ſur coup dans ce pays; ils le chargerent d'exécrations; mais ne pouvant ſuffire à des tranſ- ports ſi violens, leurs forces les abandonnerent. Un lugubre ſilence ſucceda à leurs imprécations. *Delouaville* reprenoit par intervalle ſa fureur, ſe frappoit, s'arrachoit les cheveux; *Cecile* s'évanouiſſoit & revenoit à elle. Le *Chinois* plus tranquille levoit les yeux au Ciel, & lui demandoit le ſoulagement de ſes deux compagnons & la converſion des *Anglois*.

CHAPITRE IX.

APRE'S avoir bien gémi, nos amans quitterent le *Chinois* qui avoit besoin de tranquillité, & furent se coucher chacun dans leur lit. On en croira tout ce qu'on voudra, mais il est bien vrai que *Delouaville* respecta toujours sa maîtresse.

» Qu'étoient-ils donc allés » faire en Angleterre, dira-t-on? » S'ils ne vouloient que se res- » pecter, ils pouvoient bien res- » ter en France, ils n'en étoient » sortis, que pour être plus li- » bres «.

On répondra, sans faire de *Delouaville* un *Celadon*, ni de *Cecile* une *Astrée*, que ces deux amans ne s'étoient expatriés, que pour mettre leur tendresse à l'abri de la critique des François, & de la persécution de leur famille, qui refusoit de consentir à leur union par des raisons de fortune. Ils s'étoient flattés de trouver en Angleterre un Prêtre Catholique qui les marieroit dans les formes, & *Cecile* n'avoit suivi son amant, qu'à condition qu'il seroit respectueux jusqu'au jour de la célébration.

» Mais, objectera-t on enco-
» re, la plaisante sagesse ! Une
» fille qui veut conserver son
» honneur, & qui commence
» par se deshonorer en se faisant
» enlever «.

On n'est pas obigé d'expliquer les contradictions de la nature humaine. *Delouaville* promit de n'être point entreprenant, il tint sa promesse, & qu'on ne soupçonne point que ce fut au regret de *Cecile* ; le vrai n'est pas toujours vraisemblable.

Ils furent donc prendre du repos. Cecile malade depuis quelques jours, étoit gardée par son amant. Il ne vouloit confier à personne le soin de sa chere maîtresse, & couchoit dans sa chambre, pour être à portée de lui donner les secours nécessaires.

Fanni avoit loué secrettement un cabinet voisin de cette chambre. Elle s'étoit soustraite à la colere de ses parens, & s'étoit réfugiée dans cet appartement, où elle attendoit impatiemment que son époux se mit au lit pour l'aller rejoindre. A peine y fut-il, qu'il vit entrer une femme en chemise qui tenoit une lampe à la main, & qui n'osoit toucher le parquet que du bout du pied. *Fanni*, c'étoit elle-même, posa sa lampe sur une table, s'approcha doucement du lit de *Delouaville*, & s'y glissa comme un trait. Le jeune François fut pétrifié d'étonnement, il doutoit s'il veilloit ; les transports de la vive Angloise, le rendirent au sentiment, il ne savoit s'il devoit repousser ses caresses, ou y répondre.

Cecile avoit vu entrer *Fanni*, qu'elle prit pour un spectre. La frayeur l'avoit rendue muette ; mais peu à-peu elle se rassura, jetta un œil timide sur le *revenant*, & reconnut les traits d'une jeune fille qu'elle avoit entrevue plusieurs fois : elle jugea bien que c'étoit sa Rivale. Poussée par la jalousie, elle saute du lit, & court vers celui des époux, & d'une voix suffoquée... Quoi ! dit-elle, *sous mes yeux, cet outrage ! . . . . . devois-je l'essuyer de votre part ? . . . .*

A ces mots, *Delouaville* se dégage des bras de *Fanni*, & se précipite aux genoux de *Ce-*

cile. Ses attitudes annonçoient bien qu'il n'avoit point de part à cet évenement. *Fanni*, furieuse de voir son mari lui échapper pour je jetter aux pieds d'une autre, saute du lit, & charge la pauvre *Cecile* de coups & d'injures.

Delouaville, qui avoit les jambes embarrassées dans les couvertures, dont il s'étoit affublé à la hâte, ne put s'opposer à cette violence. *Fanni* traînoit *Cecile* par les cheveux, en l'appellant dans sa langue *coquine*, *misérable*, *débaucheuse de maris*. Elle vouloit la jetter hors de la chambre: Cecile se défendoit de toutes ses forces. Leurs coëffures volerent en morceaux, ainsi que leurs chemises qui faisoient leur unique habillement. Cette espece de lutte ressembloit à celle des Lacédémoniennes.

Enfin *Delouaville* parvint à les séparer.

Fanni ne quitta *Cecile* que pour accabler son mari de baisers. Quelle situation pour un jeune François ! Il faisoit de vains efforts pour cacher des marques de sensibilité. Quel homme eut pû résister à cette épreuve ? *Cecile* éplorée l'appelle douloureusement, il vole dans ses bras, & veut lui rendre les baisers qu'il vient de recevoir de sa femme. *Cecile*, ou plutôt la pudeur, s'opposa à des transports que les circonstances & son *déshabillé* rendoient excusables. L'Angloise saisit cet instant pour recommencer ses caresses. *Delouaville* enflammé, ne sachant à laquelle des deux entendre, lançoit des regards animés vers *Cecile*, qui retomboient, malgré lui, sur l'agaçante *Fanni*.

Peu s'en fallut, dans cet inſtant, que la jalouſie ne fît plus ſur *Cecile*, que n'avoit fait l'amour : & ſi l'Angloiſe n'eût pas eu des yeux, quatre ans de réſiſtance alloient être immolés à la crainte de céder ſon Amant à ſa Rivale. Elle arracha encore une fois le foible *Delouaville* des mains de *Fanni*. *Fanni* le lui diſputa avec plus d'acharnement que jamais.

Dans ce conflit la table fut renverſée ; la lampe tomba & s'éteignit. Ils tâtonnoient dans l'obſcurité: tout-à-coup la porte s'ouvrit, & laiſſa voir une figure d'homme en chemiſe, portant ſur ſes épaules une tête prodigieuſement enflée, & entre ſes doigts une allumette. C'étoit le bon *Kin-Foë* que le bruit avoit attiré. A ſon aſpect, chacun s'enfuit & ſe cache. Il les appelle ; la douceur de ſa voix les raſſure ; & tandis qu'il rallumoit la lampe, ils s'approcherent de ce grave Vieillard, qui fit ceſſer ce vacarme, en ordonnant à *Fanni* de ſe retirer dans ſon cabinet, & aux deux autres de ſe remettre dans leurs lits. La fiere Angloiſe ſortit, en jurant de ſe vanger, de faire punir *Cecile* comme une libertine, & d'obliger ſon mari à remplir le devoir conjugal. Chacun retourna ſe coucher; & pendant le reſte de la nuit *Cecile* ſanglota, *Delouaville* ſoupira, *Fanni* enragea, *le Chinois* dormit, & avança ſa guériſon.

CHAPITRE X.

LE Soleil les retrouva tous quatre dans la même occupation. Ils se leverent cependant. *Fanni* fut préparer sa vengeance : *Delouaville*, qui ne pouvoit faire un pas sans rencontrer des avantures fâcheuses, resta avec *Cecile*. Ils avoient tous deux le cœur plein, & cherchoient à se soulager par des épanchemens réciproques, mais leur conversation n'étoit qu'en monosyllabes. Ils vouloient se dire mille choses, & ne pouvoient lier quatre paroles de suite. L'abondance fait souvent le même effet que la stérilité. Ils crurent qu'en commençant par des choses communes, ils en viendroient à un entretien intéressant. Ils trouverent d'abord *le jour som-*

bre , l'air un peu frais , &c. Ils passerent aux nouvelles qui faisoient le plus de bruit dans la Ville. *Un vieillard s'est pendu dans* le Strand. . . . *Deux filles se sont noyées dans* la Tamise. *On a trové trois Franççois égorgés à* Wesminster.... *On fit l'autre jour trancher la tête à un honnéte homme pour contenter le Peuple. . . . .*

Ce sont là les Nouvelles ordinaires de Londres. Ils accompagnoient ces bouts de phrases de maudissons contre la Nation: ils déploroient le malheur qu'ils avoient d'y vivre.

Le Chinois entra, & leur apprit qu'une mere venoit de tuer son enfant pour le délivrer d'une légere maladie. Les deux François ne pouvoient revenir de l'étonnement que leur causoit la férocité de ce Peuple. » Les » *Anglois* , leur dit *Kin-Foë* ,

» ne

» ne seroient point mis dans la » classe des Sauvages, s'ils ne » donnoient dans ces excès. » Presque tous les Sauvages ex» posent leurs enfans : ils massa» crent leurs peres pour les sous» traire à la caducité : ils se tuent » eux-mêmes avec encore plus » de facilité : ils ont mille moïens » prompts pour se donner la » mort. Nos Negres se pendent » tous les jours pour punir leurs » Maîtres : ils s'étouffent en ava» lant leurs langues, &c. Il ne » manque aux Anglois aucun » trait pour qu'ils ressemblent » parfaitement à ces Peuples » barbares «.

Le Chinois parloit encore, quand un Soldat vint, d'un ton brutal, sommer *Delouaville* de la part d'un Juge de paix de comparoître devant lui. *Delouaville* fut obligé de suivre cet homme, & laissa *Cecile* éperdue, qui s'imaginoit que son Amant alloit au supplice. Le consolant *Kin-Foë* la rassuroit du mieux qu'il pouvoit. Le *François*, escorté de son garde, marchoit avec cette fermeté que donne l'innocence. Il se flatoit même que ce Magistrat deviendroit son appui, & le mettroit dorénavant à l'abri de toute insulte. Il entre, il apperçoit une figure maussade, tapie dans le coin d'une chambre sur un Siege lugubre : c'étoit le Juge de paix. Il ne vouloit paroître que sévere, & il avoit l'air noir & impudent (*a*). Fanni étoit à ses genoux : elle imploroit sa justice. Le Magistrat lorgnoit ses charmes du coin de l'œil ;

(*a*) La Commission de Juge de Paix est très décriée en Angleterre, elle se donne avec si peu de choix, qu'à peine trouve-t-on à présent des personnes de quelque naissance, qui veulent s'en charger.

mais, ſemblable au *Dragon de la Fable*, il paroiſſoit fait pour être le gardien, & non le poſſeſſeur de cette *Toiſon*. Il demanda fierement à *Delouaville* pourquoi il maltraitoit cette femme, qu'il ne méritoit pas d'avoir pour épouſe. Celui-ci répondit qu'il ne la reconnoiſſoit point pour ſon épouſe, & détailla la cérémonie ridicule dans laquelle il avoit été engagé, ajoutant qu'il ne croyoit pas qu'on pût donner le nom de mariage à une ſemblable farce, ni qu'un Magiſtrat autorisât de pareilles ſottiſes.

Le Juge lui dit que ſon mariage étoit valide & conforme aux Loix ; & le menaça de le faire pendre, s'il ne vivoit pas bien avec ſa femme. Il lui ordonna, d'un ton impoſant, de la conduire chez lui, & le congédia par un regard enflammé de colere & de jalousie, qui s'adoucit en tombant sur *Fanni*.

Le triste époux marchoit nonchalamment avec son importune épouse. La vertu du mariage opéroit : il commençoit à détester de tout son cœur sa chere compagne. Pour sentir l'horreur de sa situation, il faut être amoureux, & marié contre son gré.

Fanni sourioit, *Delouaville* juroit contr'elle, contre le Juge, contre l'Angleterre, & contre lui-même. Il souhaitoit que quelque foule lui dérobât sa trop fidele moitié, quand il rencontra les parens de la Belle, qui la lui arracherent avec violence. Il souffrit avec douceur cet outrage, il laissa paisiblement souffleter sa femme, & manqua peut-être pour la premiere fois aux égards que tout homme de sa Patrie a pour le ſexe. Ces brutaux lui promirent de l'étrangler, s'ils le retrouvoient jamais avec leur parente. Le tendre époux fut preſque flatté de cette promeſſe. Il abandonna *Fanni* à ces Sauvages, & s'éloigna d'eux.

En continuant ſon chemin, il faiſoit des réflexions ſur cet évenement. „ Quelle confuſion ! „ diſoit-il : ne ſortirai-je jamais „ de cette infernale Contrée ? „ Je ne me reconnois plus. Tous „ les principes de la Loi natu- „ relle, reconnus de toutes les „ Nations, ſont ici renverſés. „ Les filles y ſont ſans pudeur, „ les peres ſans autorité, les Loix „ ſans pouvoir, les hommes ſans „ humanité. Je vois la fille en „ guerre avec ſes parens, les „ parens avec le Juge, le Juge „ avec la raiſon. Si je renvoie „ ma femme, je ſerai pendu, ſi „ je la garde, je ſerai étranglé.

» O Sauvages, Sauvages! ... «

En déclamant ainſi, il arrive à ſa maiſon. Ces contradictions avoient irrité ſon amour pour *Cecile* : il vole à ſon appartement... plus de *Cecile.*

O Dieux! ... *Cecile, ma Cecile eſt perdue! Cecile qu'êtes-vous devenue? Kin-Foë, mon cher Kin-Foë*, plus de Kin-Foë.... Il ne trouva ni l'un ni l'autre. Ciel, ô Ciel! s'écrioit-il, » les ai-je perdus tous deux? » Suis-je ſans Ami, ſans Maî- » treſſe, ſeul dans l'Univers au » milieu des monſtres! ..... » Toute l'Angleterre peſe ſur » mon cœur «.

Il court comme un écervelé dans les rues de Londres, & ne découvre aucune trace de *Cecile* ni du *Mandarin.*

Le jour tombe, la nuit croît. Epuiſé par la fatigue & le déſeſpoir, le malheureux François reprend le chemin de sa maison. A quelques pas de sa porte, il heurte contre une espece de paquet de hardes, & tombe pardessus, le visage dans la fange. Il se releve, il regarde l'obstacle qui l'a fait trébucher, entrevoit un habit semblable à celui du *Chinois*. Il se baisse, & à la lueur des étoiles, il apperçoit un homme sans mouvement..... Il le reconnoit... C'étoit *Kin-Foë*..

CHAPITRE XI.

DELOUAVILLE releve le Chinois, étaye avec peine son corps chancellant, & le ramene chez lui sans pouvoir en tirer aucun éclaircissement. Dès qu'il lui eut fait recouvrer l'usage de ses sens, il le questionna sur le sort de *Cecile.*

Kin-Foë se frotte les yeux, étend les bras, fait un saut pour s'assurer de la force de ses jambes, & demande à boire, en regardant d'un œil lascif la servante du Logis.

Des gestes si peu ordinaires à ce Philosophe surprirent & déconcerterent *Delouaville.* Il lui demanda ce qu'étoit devenue *Cecile*, *Kin-Foë* répond qu'il y a d'excellent vin à Londres. Le François

François perdit toute patience : il accusoit l'Amour, l'Amitié, le Ciel, la Terre, la Nature entiere. La folie du Chinois lui paroissoit un phénomene qui le rendoit fou lui-même. Il ne savoit à quoi attribuer un pareil changement, qui en effet eût été difficile à deviner.

Le Mandarin s'étoit trouvé dans une compagnie de jeunes Seigneurs Anglois auxquels il avoit débité de belles maximes de Morale. Cette singularité amusa les Mylords. L'orgueil des Nobles d'Angleterre voulut bien descendre jusqu'à *Kin-Foë*, qu'ils prirent pour un bouffon : car ils ne concevoient pas qu'un Etranger pût leur donner sérieusement des principes de mœurs. Ils l'entraînerent dans un de ces repas bruyans, *où*, comme dit l'ingénieuse Auteur *de Juliette Catesby*, *l'on s'étourdit en par-*

lant tous à la fois, qui finissent par des paris ridicules, ou ruineux, souvent même par briser les meubles, & s'égorger sur leurs débris.

Aucun des excès, où se portent les Grands dans ces sortes de parties, ne fut oublié. On but cinquante bouteilles, on en brisa deux cens. Les sages discours de *Kin-Foë* se mêloient aux cris, aux chansons infâmes, aux juremens de ces insensés. Il parvint enfin à obtenir un moment de silence ; & pour ne point les effaroucher, il parut gai comme eux. Il se prêta à leur extravagance, pour les amener à sa Philosophie. Il espéroit trouver dans ces premiers de la Nation des cœurs moins durs que dans la Populace. L'éducation, la lecture, les voyages avoient dû les disposer à la sensibilité. Ils étoient dans cet âge heureux, où l'ame flexible reçoit toutes les impressions. Que de préjugés en leur faveur !

Les uns rirent des discours du Philosophe, les autres s'en fâcherent. Pour s'en amuser tous, ils résolurent de l'ennyvrer. Ils feignirent donc d'être fort touchés de ses exhortations. Chaque maxime étoit suivie d'un *Chorus* d'applaudissemens, & d'une rasade que l'Orateur étoit forcé d'avaler. Nouvelle maxime, nouvelle rasade. Le vin fit plutôt effet sur le Chinois, que sa morale sur les Anglois. Le bon-homme déraisonnoit : il vit bien qu'il lui seroit plus facile de s'ennyvrer, que de communiquer de la raison à ces jeunes fous. Il refusa de boire davantage. On prit un entonnoir, & on lui fit passer dans le corps quelques bouteilles de vin. L'un paria qu'il feroit boire encore dix bouteilles au Moraliſte. Un autre ſoutint le contraire. On fit ſur le Chinois vingt paris plus ridicules les uns que les autres. Des paris on en vint aux injures, & des injures aux coups. Tous les meubles paſſerent par leurs mains, la table culbutée entraîna dans ſa chûte les plats & les verres. Les épées furent miſes en jeu : le ſang couloit & ſe confondoit avec les flots de vin.

Kin-Foë monta ſur un amas de meubles briſés, & harangua ces furieux. Sa figure originale, où la folie de l'yvreſſe luttoit avec le ſérieux de la Philoſophie, fixa les regards & appaiſa le déſordre. Il éleva une voix balbutiante coupée par de fréquens hoquets :

» O Anglois, dit-il, quelle » rage vous tranſporte ? Pour-» quoi égorgez-vous vos amis ?

» Vivez-vous du sang les uns
» des autres ? Les poissons dé-
» vorent les poissons ; les *Rois*
» *de la Mer* se traitent-ils com-
» me ses habitans ? J'ai appris
» dans les deserts de l'Afrique
» l'aveuglement des Anglois.
» J'ai dit : Quel malheur que
» les chevaux anglois soient si
» bons, & les hommes si mau-
» vais ! Malheureux ! ne vau-
» drez-vous jamais le bœuf que
» vous mangez ? Je suis venu
» pour vous rendre raisonnables.
» Je suis venu : voici le moment
» propice.... la vérité m'inspi-
» re.... écoutez....

Ils n'en voulurent pas entendre davantage : leur fantaisie étoit passée. On parla de se séparer, la nuit étoit fort avancée. Pour couronner la débauche, on but beaucoup d'eau de vie, & le Chinois fut contraint d'imiter ses sobres compagnons.

Ils le laiſſerent à la porte de l'Auberge à demi-mort, & l'étendirent dans le ruiſſeau pour cuver ſon vin.

Ce fut là que *Delouaville* le rencontra. Il le mena chez lui, où, comme on a vu, il extravaguoit par l'yvreſſe du vin, & *Delouaville* par l'yvreſſe du déſeſpoir.

» Qu'eſt devenue *Cecile*? répéta vingt fois le triſte Amant.

Elle eſt partie avec un homme, répondit enfin gaiement Kin-Foë.

» Avec un homme!

Oui, mon Ami, avec un homme. Tu as choiſi une femme, elle a pris un mari.

» Avec un homme! Cecile?
» Que va-t-elle faire? où eſt ma
» Cecile «?

Mais, mon fils, l'amour te fait tourner la cervelle.

» Et le vin vous a fait perdre

» la raiſon. Que je ſuis malheu-
» reux «!

Je ſuis content ; tu dois l'être auſſi : c'eſt aujourd'hui le plus beau jour de ma vie ; j'ai donné de la raiſon aux Anglois ; j'ai prévenu des malheurs.

Dans le fond, il n'avoit pas tout-à-fait tort. Son ſermon comique, en arrêtant la diſpute des jeunes Mylords, avoit ſûrement ſauvé les jours de pluſieurs des convives. C'étoit bien ce qu'il avoit fait de mieux en Angleterre. Il débita encore long-tems des folies : *Deloua-ville* ne lui cédoit en rien. A la fin, l'un ſe tut & l'autre s'endormit. Après avoir ronflé pendant cinq heures, qui parurent cinq ſiecles au François, il s'éveilla ſain & raiſonnable comme à l'ordinaire, & ſe rappella avec confuſion tout ce qui lui étoit arrivé ; il ſe hâta d'apprendre à *Delouaville* qu'il avoit été l'impuiſſant témoin de l'enlevement de *Cecile*. Le pere de *Fanni*, à la tête de pluſieurs hommes, étoit venu chercher ſa fille, & n'avoit trouvé que *Cecile* : frappé de ſa beauté, il avoit ſur-le-champ conçu le deſſein de l'enlever, ce qu'il avoit exécuté aiſément par le ſecours des hommes qui l'accompagnoient : on ne ſavoit ce qu'elle étoit devenue.

CHAPITRE XII.

Elle étoit chez *Blickman*, pere de *Fanni*, qui n'oublioit aucune espece d'outrage pour la rendre sensible à sa passion. L'amour des Anglois s'exprime comme la haine des autres Peuples. Il la fit boire pour profiter de son yvresse ; mais il ne réussit qu'à la rendre malade. Accoutumée aux hommages des hommes du monde les plus polis, pouvoit-elle ne pas abhorrer la tyrannie de ce Sauvage ?

Fanni, arrachée des bras de *Delouaville* par sa mere & ses freres, s'emportoit intérieurement contre son mari, qui n'avoit pas daigné faire le moindre effort pour se la conserver. La jalousie vint augmenter sa colere : elle ſe rappella l'odieuſe rivale qui avoit troublé ſes plaiſirs.

Quelle fut ſa joie de trouver cette même rivale ſous le pouvoir de ſon pere ? Elle ſe joignit à lui pour la tourmenter, & ſe vangea ſur l'innocente *Cecile* des dédains de ſon époux.

Blickman, craignant les pourſuites de *Delouaville*, alla ſe cacher avec ſa proie au fond d'un Quartier éloigné.

Fanni, ne redoutant plus la rivalité de *Cecile*, chercha à jouir des droits de ſon mariage. Elle envoya à *Delouaville* cette Lettre, qu'elle fit traduire en françois.

Je t'ai aimé : j'ai tout ſacrifié à mon amour. Après m'avoir épouſée, tu m'as rendue témoin de ta flamme pour une autre. Tremble, perfide François, ma rivale eſt en mon pouvoir : tu ne ſais pas juſqu'où peut aller la vengeance d'une Angloiſe. L'amour eſt étranger dans mon cœur : la haine y eſt naturelle. Apprens que je ſuis capable de tout : je puis poignarder ton Amante à tes yeux, rire de ton déſeſpoir, & te percer toi-même. Appaiſe ma juſte colere, ou crains en les effets. Oublieune courtiſanne que j'abhorre : arme les Loix contre mes parens qui t'ont enlevé ton épouſe. Lâche François, tu n'as fait aucune réſiſtance pour la retenir ; mais hâtes toi de me forcer à te pardonner. Délivres-moi de la tyrannie de ma famille. Je ſuis ta femme ; & ſi tu l'oublies, ma rage & ma vengeance t'en feront ſouvenir.

Delouaville interrompoit la lecture de cette Lettre par des imprécations contre ſa femme, acharnée à le perſécuter. *Cecile* au pouvoir d'une Rivale, d'une

Furie, d'une Angloise! ..... Dieux! ...

L'amour, la haine, le désespoir le transporterent, & lui dicterent cette Réponse.

Inhumaine Fanni, *peux-tu déchirer ainsi un cœur que tu as aimé! m'enlever l'unique bien qui m'attache à la vie; me cacher la prison qui renferme* Cecile, *& me menacer de la poignarder à mes yeux! Tu m'ordonnes d'armer les Loix contre tes cruels parens: eh quelles Loix puis-je réclamer dans cette affreuse Nation? S'il en étoit, je les opposerois aux indignes ravisseurs de* Cecile .... *Quel droit avez-vous, Mademoiselle; quel droit a votre barbare pere, de retenir une fille libre, de violer la liberté publique? Rendez* Cecile *à mes vœux, & vous obtiendrez mon estime, mon amitié.... Rendez-moi Cecile .... cruelle,* *ne pousses pas mon amour au désespoir. Je retrouverai Cecile, je l'aimerai davantage, je t'abhorrerai...... N'esperes pas faire valoir les méprisables liens, dans lesquels tu m'engageas par surprise. Je fus à Cecile, avant d'être à toi..... Enfin c'est à vous à régler mes sentimens pour vous, à mériter ma haine ou ma reconnoissance éternelle; mais surtout, ne paroissez à mes yeux, que pour me rendre Cecile.*

La lecture de cette Lettre, fidelement traduite, mit le comble à la rage de cette forcenée. Elle s'arme d'un poignard, vole vers *Cecile*, & veut commencer cette affreusse vengeance par la mort de cette infortunée; mais la vue de *Cecile* en pleurs, livrée à l'amertume & au désespoir, suspendit ses coups, & par un rafinement de méchanceté, la digne Angloise épargna les jours de *Cecile*, parcequ'elle crut que la mort lui feroit plus de plaiſir que la vie. Elle la laiſſa à ſa douleur, & courut chez *Delouaville*, qui frémit en la voyant arriver ſeule. Elle commençoit à comprendre un peu le François, & *Delouaville* l'Anglois : en mélangeant ces deux Langues, ils trouverent le moyen de ſe dire les injures les plus ſanglantes, & de ſe charger des imprécations les plus atroces. Ils paſſerent tous deux des ſoumiſſions aux menaces, & des menaces aux ſoumiſſions. *Fanni* voulut embraſſer ſon époux, il la repouſſa avec dédain. L'Angloiſe outragée, perdant l'eſpoir de gagner ſon cœur, tira le funeſte poignard, & l'enfonça dans le ſein de *Delouaville*. Il tombe ſans mouvement baigné dans ſon ſang, *Fanni* s'enfuit en tremblant; le déſeſpoir, la crainte, les remords précipitoient sa course : elle arrive chez elle, se jette aux pieds de son pere. Je *viens*, lui dit-elle, *d'égorger le mari que je m'étois choisi. Je suis désesperée : je ne veux plus vivre, ô mon pere, donnez-moi la mort.*

Blickman regarde sa fille un quart d'heure sans lui parler, & la quitte en l'embrassant d'une maniere farouche Il va se renfermer, & raisonne ainsi :

Ma mauvaise conduite a ruiné ma maison. Ma femme & mes enfans, réduits à la misere, me maudissent : ma fille méprisée par un François, vient de le tuer, & va être conduite au supplice. C'est ma négligence qui cause tous ces malheurs : je ressens à moi seul tous les maux de ma famille. Je vais être traîné en prison pour mes dettes. Pour combler mes malheurs, l'amour est venu se mettre de la partie. J'aime avec rage, on me hait avec fureur. Le remede aux maux des Anglois, c'eſt la mort: je vais me la donner. Mais que deviendront mes enfans & ma femme ?...... ils mourront avec moi. Je ne puis rendre leur vie heureuſe; je dois en bon pere les en délivrer.

Cette conſéquence déduite, il fait deſcendre avec lui toute ſa famille, ſans oublier *Cecile*, dans une cave profonde, éclairée par la ſombre lueur d'une lampe ſépulchrale.

CHAPITRE XIII.

BLICKMAN, le poignard levé, ſe tint debout ſous la lampe au milieu du ſouterrain. Sa triſte famille, en entrant dans ce lieu funebre, ne douta pas qu'il ne lui ſervît de tombeau. A cet aſpect, la mourante *Cecile* ſe laiſſa tomber ſur ſes genoux: ce fut comme un ſignal pour les autres: ils ſe jetterent tous aux pieds de *Blickman*, & formerent autour de lui un cercle ſur lequel il promenoit des regards féroces, qui leur portoient à tous leur Arrêt de mort. Après un inſtant de ſilence, qui n'étoit interrompu que par les ſanglots de Cecile, il prononça ces paroles, que l'écho de la voute rendoit plus lugubres.

» Mes enfans, dit ce tendre » pere, il y a quarante ans que » je vois le même Soleil, ſa vue » m'importune. Qu'eſt-ce que » la vie, & comment ſe paſſe-» t-elle ? On eſt mort la moitié » du tems, on ſouffre l'autre » moitié. On a un corps à nour-» rir, des enfans à élever, une » femme à battre, des dettes à » payer : on eſt tyranniſé par » les Loix, les modes, la fortu-» ne, les paſſions, les circonſ-» tances. . . . . Je ſuis dégoûté » d'une telle vie : vous ne devez » pas y être plus attachés que » moi : je veux vous faire le plai-» ſir de vous en débaraſſer. Eh » pourquoi vivriez - vous ? pour » faire les ſottiſes que j'ai faites ; » pour aimer une Françoiſe, » pour placer de l'amour, où » nous ne devons que de la hai-» ne ? Prevenons ces malheurs : » imitez vos Ancêtres. Ne vous

» ont-ils pas donné tous des » exemples du mépris qu'un vé» ritable Anglois doit avoir » pour la vie? Votre bisayeul s'est » empoisonné; votre grand pere » s'est noyé dans un égoût : » voyez suspendue à cette voute » la corde précieuse, à laquelle » votre grand-mere se pendit: » contemplez ces murs décorés » par les tableaux qui représen» tent la mort de vos ayeux. » Les uns se sont étranglés; les » autres se sont brûlé la cer» velle. La plus grande partie » s'est égorgée dans cette même » cave : aucun d'eux n'a attendu » la mort. Ne pouvons nous pas » comme eux déposer la vie, » quand elle nous lasse? Mou» rons comme ces braves gens : » frustrons nos Créanciers & » les Médecins. Tout l'Univers » restera dans l'agitation & la

» souffrance, & nous allons être » pour toujours en repos.

» Et toi, fatale ennemie, dit» il à *Cecile*, tu ne jouiras pas » de notre mort, tu périras avant » nous «.

A ces mots foudroyans, *Cecile* consternée remplit le souterrain de ses cris. Elle arrose de larmes les pieds de ce *Sauvage*, tourne ses yeux éteints sur les compagnons de son infortune, & leur demande du secours contre leur Bourreau commun. Mais toute cette famille, digne d'avoir un tel chef, insulte à la douleur de la malheureuse Françoise. La fureur de la mort s'étoit emparée de tous ces Sauvages, ils demandoient le coup fatal avec un emportement féroce. (*a*)

(*a*) Ces scenes sont très communes en Angleterre. Les Anglois préferent la mort au plus petit mal. Est-ce bravoure, foiblesse, ou folie?

Cecile glacée d'horreur tombe à la renverſe ; & déja couverte des ombres du trépas, elle ſentit à-peine le poignard dont *Blickman* la frappa. Tous applaudirent à ce premier meurtre, & ſe diſputoient l'honneur de ſuivre leur ennemie ; mais *Blickman* jetta cette arme funeſte, & tira de ſang froid du fond d'une caſſette un vieux raſoir, dont s'étoient ſervis ceux de ſa famille qui avoient pris le parti de s'égorger dans ce ſouterrain. Il commença par couper la gorge à ſa femme, & rendit le même ſervice à ſes enfans. Il ne reſtoit plus que *Fanni* : *Blickman* l'embraſſe. » Tu es digne de ton » pere, lui dit-il ; tu as réparé » ta honte en poignardant le » *chien de François* (*a*) qui t'a» voit ſu plaire. Je te vais don-

(*a*) Epithete ordinaire que les Anglois donnent aux François.

» ner la derniere preuve de l'at-
» tachement paternel.

» Frappez, mon pere, répon-
» dit cette malheureuse, que je
» meure sur le corps de ma ri-
» vale : que son perfide Amant,
» que mon parjure mari survive
» à sa blessure ; qu'il sache ce
» que peut faire une Angloise
» outragée, & qu'il meure dans
» le délire du désespoir, en ap-
» prenant que *Cecile* n'est plus,
» & que nous sommes morts
» avec elle dans la tranquillité
» de la raison «.

Blickman lui coupa la parole, en lui ouvrant la gorge.

Ce pere, vraiment Anglois, se repaissoit de cet affreux spectacle, & contemploit avant de mourir ces cadavres encore palpitans. Echauffé par le carnage, il sembloit desirer de nouvelles victimes. » Ah, disoit-il, que ne » sont-ce là des François ! Pour-

» quoi le perfide époux de ma » fille n'eſt-il pas étendu à mes » pieds ? Mais ma femme ! mes » enfans ! .-. .

Alors ſa fureur s'éteignit : le remors vangeur abattit ſon courage. Le cri de la nature tonna pour la premiere fois dans le fond de ſon cœur. Pour ſe ſouſtraire àces terribles mouvemens, il ſe hâta de rejoindre les ſiens. Il s'égorgea en furieux , tomba ſur les corps qu'il venoit d'immoler , & expira dans les bras de l'horreur. La lampe s'éteignit, & l'ombre ſe mêla avec la mort dans cet exécrable ſouterrain.

CHAPITRE XIV.

TANDIS que la mort abſorboit ſes victimes dans ce lugubre cachot, *Delouaville* mortellement bleſſé par la main de *Fanni*, languiſſoit dans ſon lit. Ce n'étoit plus ce François léger que la vivacité emportoit ; une bleſſure qui le mettoit à deux doigts du tombeau, une bourſe qui s'étoit vuidée dans un tems où il avoit le plus de beſoin qu'elle fût pleine, tous les malheurs enfin qui l'avoient accablé ſans relâche, glaçoient ſa pétulance, & jettoient dans ſon ame un ſérieux étonnant ; il n'avoit plus le bon Chinois pour le conſoler : on l'avoit traîné en priſon.

Delouaville l'avoit vû arrêter à ſes

ſes yeux dans le tems qu'il lui aidoit à reprendre ſes eſprits & qu'il étanchoit le ſang de ſa plaie. La douleur de s'être vû enlever un ami ſi cher, ſans ſavoir pourquoi, & ſans pouvoir le défendre, mettoit le comble à ſon déſeſpoir. L'air épais de *Londres* qui noircit les *Anglois*, & qui leur inſpire le funeſte deſir de s'arracher la vie, commençoit à agir ſur lui, il ne s'exprimoit plus que par de profonds ſoupirs : il ſe diſoit à lui-même. *J'avois beaucoup d'argent, je n'ai pas le ſol : j'avois une bonne ſanté, je ſuis aux portes de la mort : j'avois une maîtreſſe, l'odieuſe* Fanni *l'a peut-être poignardée : j'avois un ami, que ſais-je s'il n'eſt pas pendu ? Il ne me reſte donc plus rien dans ce monde ! Que dis-je ! j'ai une femme, un monſtre, une furie. Ah, malheureux !*

En ſe retraçant ainſi toutes les peines qu'il avoit eſſuyées dans ce climat ſauvage, il ſe plaignoit qu'on l'eût rappellé à la vie; ſes idées s'égaroient, il voyoit des poignards, des gibets, des priſons, en un mot, un tableau confus des horreurs que préſente l'Angleterre: ſon cœur défailloit, ſa vie s'éteignoit; quand *Cecile* entra dans ſa chambre portée ſur un brançard, & couverte de ſon ſang.

Elle ſeule avoit ſurvécu au meurtre de la famille du Sauvage *Blickman*; le coup qu'il lui avoit porté, n'avoit pas tranché ſa vie; un long évanouiſſement l'avoit ſouſtraite à la barbarie de cet Anglois. Elle reprit après pluſieurs heures l'uſage de ſes ſens, & ſe reconnut dans cet affreux tombeau entourée de cadavres. Elle cria: ſes cris attirerent vers cette cave une foule de Créanciers, qui étoient venus avec main-forte dans la maiſon, pour en ſaiſir le maître. Elle leur apprit ſon malheur & ſa demeure : ils la tranſporterent chez elle.

Un ſoupir de cette tendre Amante pénétra dans l'ame de Delouaville. Il ouvre ſes yeux appeſantis, il voit ſa Maîtreſſe étendue ſur un lit, luttant contre la mort. Le déſeſpoir le ranime, il ſe leve, il ſe précipite dans ſes bras ; ſa bleſſure ſe rouvre, celle de *Cecile* ſe rouvre en même tems ; leur ſang ſe mêle, ils s'évanouiſſent à côté l'un de l'autre, & ne reviennent à eux que pour mieux ſentir leurs maux. La fievre les ſaiſit & dérange leur cerveau. Un bon Prêtre Catholique les viſitoit réguliérement, & les aidoit de ſes conſeils & de ſa bourſe ; car la leur étoit auſſi bien qu'eux à l'agonie. Le pieux perſonnage tâchoit de profiter des intervalles de leur raiſon pour leur arracher quelques mots de confeſſion.

Delouaville s'accuſoit d'avoir injuſtement préféré l'Angleterre à ſa Patrie, la Nation la plus barbare au Peuple le plus civiliſé. Il n'étoit ſûrement pas à ſe repentir de cette faute. Les accès de la fiévre ne donnoient point de relâche à *Cecile* : ſa pudeur s'égara avec ſa raiſon. Elle confeſſoit avec contrition ſon amour pour *Delouaville*, & en même tems elle lui proteſtoit que ſa flamme la ſuivroit au-delà du tombeau, & qu'elle ne ſe repentoit que d'avoir combattu ſon penchant. L'honnête Eccléſiaſtique les plaignoit & pleuroit ſur eux. La maladie augmentoit toujours : ils paſſoient des évanouiſſemens aux tranſports, des tranſports à l'abbattement, & de l'abbattement aux plaintes & aux gémissemens. Ces scenes attendrissoient tous les étrangers qui se trouvoient dans cette Auberge : tout le monde pleuroit : leur Hôte Anglois, la pipe à la bouche, les regardoit tranquillement, & les incommodoit encore par la fumée de son tabac. On croyoit à chaque instant qu'ils alloient expirer, & on s'apprêtoit à leur rendre les derniers services, quand leur Prêtre fut enlevé par des Soldats, qui le menerent à *Newcastl*, (a) en le chargeant de coups & d'injures.

(a) Nom d'une des Prisons de Londres.

CHAPITRE XV.

CES Amans déſeſpérés n'invoquoient plus que la mort; mais elle vient rarement quand on l'appelle. La jeuneſſe & l'amour les tirerent de cette extrémité ; & tandis qu'ils reprenoient peu-à-peu la force & la ſanté, on faiſoit le procès au compatiſſant Eccléſiaſtique, qui les avoit ſi généreuſement ſecourus. Il fut accuſé de *Papiſme*, & convaincu d'avoir exercé l'humanité envers deux François, crime irrémiſſible en Angleterre. Nos Amans tout-à-fait rétablis parcoururent encore une fois ces fatales rues de Londres, dans l'eſpoir d'y rencontrer le *Chinois* & le bon Prêtre. Ils ſavoient bien qu'on les avoit menés en priſon, mais ils ne ſoupçonnoient pas que de ſi honnêtes gens puſſent y reſter plus de vingt-quatre heures. Ils paſſerent ſur cette malheureuſe Place de *Tyburn*, qui leur offrit le même ſpectacle qu'elle leur avoit préſenté d'abord. Deux exécutions, qu'on alloit y faire, attirerent une foule, dans laquelle ils ſe flatterent de trouver leurs Amis. Quand on ne ſait où chercher, on cherche par-tout.

Quelle fut leur ſurpriſe, lorſqu'en examinant les deux malheureux, qui alloient au ſupplice, ils reconnurent le Prêtre & *Kin-Foë!* Quel ſpectacle pour des cœurs ſenſibles & reconnoiſſans! Le Confeſſeur alloit mourir victime de ſa Religion & de ſa charité, & le Chinois de la méchanceté angloiſe. Sa manie de convertir étoit cause de son malheur. On l'avoit dénoncé comme un *Papiste*, qui faisoit des Prosélytes ; on avoit caché dans ses malles un bonnet à trois cornes, & un habit à l'ecclésiastique, mesquin, ou, si l'on veut, modeste, tirant sur le froc, à manches longues & pendantes, & surmonté d'un colet large & roide.

Ce fatal habit l'avoit fait arrêter, & le fit condamner à être pendu, malgré tout ce qu'il pût dire pour sa justification.

Delouaville ne pouvant arracher ses Amis au supplice, n'en vouloit pas être le témoin, non plus que Cecile ; mais ils ne purent jamais percer la multitude. Ils assisterent malgré eux à la mort du bon *Catholique*, qui, quelques jours auparavant, comptoit bien assister à la leur. Il benit les Spectateurs, qui rirent de ses bénédictions : il encouragea le Chinois à mourir en

Chrétien ; celui-ci répondit qu'il ne mourroit qu'en Philoſophe, ce qui fit naître entre eux une diſpute ſur la Religion. Les objections du *Mandarin* avoient un air de liberté & d'impiété, qui intéreſſa les Anglois en ſa faveur. Le Prêtre fut étranglé: *Kin-Foë* profita de l'uſage de l'Angleterre pour haranguer le Peuple. Il n'eût point regretté la vie, s'il eût pû dans ce dernier inſtant communiquer à ces *Sauvages* quelque étincelle de cette humanité, dont il alloit périr la victime. Il étala la morale de la Loi naturelle, & fronda les différentes Religions de la Terre. On s'écria qu'à coup sûr cet homme étoit Anglois, puiſqu'il n'avoit point de Religion. La Populace s'échauffa : on ſe jetta ſur le Bourreau qu'on maſſacra, ſur la potence qu'on renverſa, ſur le Chinois qu'on débarrassa de ses liens. Ces *Sauvages* prirent pour la premiere fois le parti d'un honnête homme ; mais à quel motif ? Delouaville & sa Maîtresse regretterent leur bon Prêtre, & coururent rejoindre *Kin-Foë*. Ces trois amis s'embrasserent en pleurant de joie : ils résolurent de partir pour la *France*, ce qu'ils exécuterent aussitôt. Ils se promirent bien de ne jamais être tentés de revoir cette abominable Contrée, asyle affreux des *Sauvages de l'Europe*, où la raison, l'humanité, la nature, ne pouvoient faire entendre leur voix.

CHAPITRE DERNIER.

JAMAIS Voyage ne parut plus long. Les trois amis ne purent ſe défaire d'une certaine inquiétude, qu'en perdant de vue les Côtes fatales de l'Angleterre. Delouaville étoit impatient d'arriver à Paris, pour y détromper ſes Compatriotes de leurs fauſſes opinions ſur la Grande-Bretagne. C'étoit par bonté de cœur qu'il ſe diſpoſoit à rendre publics ſes malheurs, pour qu'ils ſerviſſent de préſervatifs à la Jeuneſſe crédule, attaquée d'*Anglomanie* : Maladie épidémique qui a infecté la France pendant quelque tems.

Kin-Foë, ſi mal recompenſé de ſes peines, ſe promettoit de laisser le monde comme il le trouveroit ; & *Cecile* oublioit déja le passé, pour ne s'occuper que d'un riant avenir. Ils arriverent en France sans de nouveaux accidens. Les voilà donc dans cette Patrie qu'ils avoient fuie à la hâte : ils s'y retrouvent sans le sou, meurtris, déchirés, dans la plus pitoyable figure : ils n'y sont plus que l'ombre d'eux-mêmes; mais ils n'ont jamais été si heureux. C'est alors qu'ils apprétient l'*Angleterre & la France* : leurs yeux sont dessillés : rien ne forme comme les Voyages.

En mettant pied à terre, ils virent le contraire de ce qui les avoit révoltés à *Douvres*. On traitoit avec la plus grande humanité des Anglois qui venoient d'être faits prisonniers de guerre. On leur faisoit par-tout un accueil gracieux, & leur esclavage étoit un titre qui leur attiroit les ſoins & les empreſſemens du peuple. Mais ces *Sauvages*, indignes de vivre dans une Nation policée, regrettoient les fumées de leur charbon de terre ; & loin d'être pénétrés de reconnoiſſance, ils s'imaginoient que ces déférences leur étoient dûes, & répondoient bruſquement aux politeſſes qu'on leur faiſoit.

Delouaville laiſſa ces *animaux*, ſans penſer à ſe vanger ſur eux des indignités de leurs compatriotes. Il ſe hâta d'arriver à *Paris* avec ſa Maîtreſſe & ſon Ami. Tout leur offroit dans cette Ville de délices le contraſte parfait de la Capitale des Anglois. Paris eut pour nos Amans, comme pour le Chinois, toutes les graces de la nouveauté. Avec quel plaiſir ils ſe promenoient dans ces rues, où l'affluence des hommes concentre l'abondance

& la diverſité, plutôt que le déſordre & le tumulte. Les bâtons, les coups de poing, & les pierres ne tombent point ſur les Etrangers qui demandent le chemin, des hommes ſociables s'empreſſent de l'indiquer. L'ordre & la décence regnent par-tout: les Spectacles reſpirent le ſentiment & l'humanité. L'ame de cette heureuſe Nation ſe peint dans ſes plaiſirs. On craint de faire couler le ſang, même en repréſentation. On reſpecte les yeux & les oreilles d'un Peuple délicat & ſenſible.

La *Greve* même ne leur offroit point ces ſcenes d'horreur ſi communes à Londres. On y puniſſoit les criminels, mais les Spectateurs y paroiſſoient touchés de compaſſion : ils ne voyoient plus dans le ſcélérat que le malheureux. Les patiens n'y faiſoient point les agréables.

On voyoit en général dans tous les François une ſage horreur de la mort. Ce Peuple éclairé ſait l'attendre ſans la prévenir : il connoît trop les charmes de la ſociété, pour quitter la vie ſans peine. Des hommes, qui coulent des jours ſi ſérains, doivent y être attachés. La douce joie brille dans tous les yeux, la gaieté eſt dans leurs cœurs, le ſourire ſur leurs levres, l'aiſance dans toutes leurs actions. Les filles, ſoumiſes à leurs parens, allient l'enjouement à la pudeur : elles ſe choiſiſſent un Epoux ; mais elles font confirmer leur choix par leurs parens. Les mariages ne s'y font point à l'inſû d'une des Parties : l'amour ne s'y déclare point par des violences, & ne ſe termine point par des coups de poignard. On peut parler morale, ſans être meurtri, ennyvré, pendu. On s'apperçoit qu'il y a des Loix en France, parcequ'elles y sont suivies, & qu'elles entretiennent, sans la gêner, l'harmonie de la société. Les François se prêtent avec plaisir à un ordre général, & assurent par-là la liberté de leurs actions particulieres. Ils aiment leur Roi, leurs Citoyens, les Etrangers, leurs Ennemis mêmes.

Kin-Foë, ravi de vivre parmi ce Peuple heureux, s'étonnoit que les François pussent se résoudre à voyager: c'est aux Etrangers à venir s'instruire chez eux.

Delouaville, qui n'étoit plus en danger d'être marié sans le savoir, s'unit à *Cecile* avec connoissance de cause, par des nœuds solemnels. Leurs parens, charmés de les retrouver, consentirent de bon cœur à leur union. Le Chinois oublia sa Patrie, & se détermina à passer

ses

ſes jours dans ce Pays charmant, dont les habitans ſont auſſi ſages qu'heureux, à quelques préjugés près, mais qui pour la plûpart ſervent à leur tranquillité. Il vécut paiſiblement avec les nouveaux époux, dont le mariage avoit par haſard augmenté l'amour.

De tems en tems ils s'écrioient dans l'extaſe de leur bonheur : VIVE LA FRANCE.

FIN.